与太郎侍

井川香四郎

集英社文庫

目次

与太郎侍

第一話
天下泰平

一

冠雪が残る富士山(ふじさん)が、青い海原(うなばら)と白い砂浜の向こうに聳(そび)えている。

雑木林が広がる大磯(おおいそ)の海岸からの眺めは、日本で一番美しいと言われるほどの絶景だ。東海道からは離れているにも拘(かか)わらず、わざわざ遠廻(とおまわ)りして旅情を楽しむ旅人も多い。打ち寄せる波に戯れたような足跡が沢山残っており、海鳥が風に舞って遊んでいた。

諸国は天保(てんぽう)の大飢饉(だいききん)に見舞われ、疫病も相まって世相は暗かった。だが、果てしない大海原や霊峰富士は、人々の暮らしの疲弊など、取るに足らない出来事であるかのように悠然としていた。

雄大な景色を臨む松林の中に、立派な萱葺(かやぶ)きの茶店があり、縁台に腰を下ろした旅人が心地よさそうに休んでいる。奥の座敷には仕切りの衝立(ついたて)があり、客たちが寛(くつろ)いでいる様子も見える。

縁台には――旅情とは無縁の浪人が数人おり、無言のまま海辺を睨(にら)んでいた。いずれも恐(こわ)いくらいの真剣なまなざしをしていた。身につけている着物も決して上等ではなく、挙動不審を感じてか、他の旅人は適度な間合いを取っていた。

「まだか。もう二刻（約四時間）も待ってるぞ」

若い浪人がひとり、苛ついたように立ち上がり、裏手に出て行こうとした。

「おい、落ち着け。そんな心構えでは……」

一際、人相の良くない、頬に刀傷のある頭目格の侍が声をかけると、

「用足しだ」

と慌てたように、若い浪人は松林の奥に駆けていった。

「ふん。鹿之助の奴め、尻込みして逃げたんじゃあるまいな」

団子を食っていた別の痩せた浪人が小馬鹿にしたように言うと、頭目格はニコリともせず責めるように言う。

「猪三郎、それくらいにしておけ。何本食えば気が済むのだ」

傍らの皿の上には、五十本は超える団子の串が置かれている。いずれも綺麗にタレを舐めたのか、まるで使っていないかのように見える。

「腹が減ってはなんとやらだ」

「いざというときに動けなくては、ただの役立たずだ。痩せの大食いめが」

「ああ。店中の餅やおはぎを食っても、足りそうにないなあ」

余裕で笑って、猪三郎と呼ばれた浪人は追加の団子を頼んだ。その横で貧乏揺すりを

していた中年浪人は、

「おい亭主。こっちには酒だ。冷やでいいから持ってこい」

と苛々しながら注文をした。

　近くにいた茶屋の娘が申し訳なさそうに、

「相済みません、うちには、お酒は置いてないのです」

と頭を下げた。が、中年浪人は買ってでも用意しろと因縁をつけるように声を荒らげたので、娘は恐ろしさに立ち尽くしている。客たちの中には席を離れて去る者もいた。

頭目格が「よせ」と説教を垂れると、その後ろにいたガタイの大きいのが、首を絞める真似(まね)をしながら言った。

「事が終われば、浴びるほど飲ませてやる。我慢しろ、猿吉(さるきち)」

「放しやがれ、熊蔵(くまぞう)。一杯引っかけなきゃ、力が湧いてこないんだよ」

　猿吉と呼ばれた男と熊蔵が、まるでガキのようにふざけ合い始めると、頭目格は険しい声で「やめろ」と言った。

「おまえたちは真剣に仕官をしたいのか。それとも、ただ手当てが欲しくてついてきただけなのか。どっちだ」

　頭目格が他の浪人たちを見廻すと、一様に首を竦(すく)めて、

「そりゃ、御城(おしろ)勤めは苦手ですがね、食い詰め浪人はもう御免です」

「私も物乞いの真似事は懲り懲りです」

「毎日、温かい飯に酒……できれば女にもありつきたい」

などと情けない声で本音を語った。

「でも、今村様……本当に奴は、こんな海辺の道に来るのですか」

猿吉が訊くと、頭目格は「間違いない」と答えた。

「奴は小田原城下を出てから、東海道には向かわず、ずっと海辺を歩いてきている。見張り役から何度も報せが入っている。もし、行く手を変えるとすれば、すでに……」

「その見張り役が、途中で殺されてるかもしれないぜ。そして、俺たちに勘づいて道を変えたかもしれぬ」

今度は熊蔵が言った。だが、頭目格は首を横に振りながら、

「見てのとおり、白浜を離れれば、鬱蒼とした深い松林が広がっている。松の根や枝は波打つように歪んでいるから、まともに歩ける所なんぞありはしない。この茶店の前を通らざるを得ぬ。見つけ次第、一気呵成に仕留める」

と自信ありげに断じたとき、茶店の裏手に用足しに行っていた鹿之助が、褌を締め直しながら駆け戻ってきた。

「なんだ、おまえ。野糞なんぞを垂れてたのか。暢気だな」

猪三郎は団子を食いながら腹を撫でて、

「俺なんざ、いくら食ったって屁も出ねえ……」

「違わい。木に登って見ていたら、枝に帯が引っかかって解けただけだ」

「こんなときに遊んでたのか」

「馬鹿。見張りだよ」

鹿之助は真顔で頭目格に駈け寄り、

「頭。奴が来ましたぜ。ここからじゃ海が眩しくて見えにくいが、木の上からだとよく分からあ。浜で投げ釣りをしているのが何人かいるだろう。その向こうから、ぶらぶら歩いてくるのがいる。赤い着物の奴だ」

「赤い着物……？」

「ああ。なんだか知らないが、女物の丹前みたいなのを羽織ってるように見える」

「おまえ、目がいいんだな」

「そりゃそうよ。鷹の目の鹿之助っちゃあ、ちょいと知られてるからよ」

「知らんな。それより、間違いないのだな、奴に」

確かめるように訊く頭目格に、鹿之助は大きく頷いた。

「へえ。お頭が俺たちに狙えって命じた奴には間違いねえが、そもそも一体、誰なんです」

「いずれ分かる。本当に奴なんだな」

「鷹の目ですから」

「よし。だったら、こっちから出向いて、ぶった斬ってやろうではないか。みんな、覚悟はよいな。奴を斬れば、望みどおり仕官を叶えてやる」

恩着せがましく頭目格が言って、発破をかけたとき、プウーと大きな放屁の音がした。茶店中に聞こえるような爆音だった。

浪人たちは一様に、猪三郎を振り向いたが、当人は、

「ち、違うよ。俺じゃないよ」

と言いながら、「臭え」と鼻を摘んだ。

次の瞬間、さらに大きな屁の音がして、同時に近くの衝立がバタンと倒れた。

衝立の奥には、尻を浪人たちの方に向けて横になっている侍がいた。やはり浪人者で、市松模様の紬の着物を着ている。顔は分からないが、広い肩幅や張りのある背中を見ただけでも、威圧的な体軀であった。

「――おい。人に向かって屁をこくとは、どういう了見だ」

頭目格が苛ついた声を上げると、市松模様の侍は背中を向けたまま、

「すまぬ、すまぬ。衝立が倒れてしまうとは、俺の方が驚いておる」

「ふざけるな。顔を見せろ」

頭目格が一歩近づくと、臭いが漂ってきたのか、うっと吐きそうになった。

「貴様……な、何を食ってるんだ……」

「そんなことより、自分たちの命を心配した方がいい。いや、俺の屁では死なぬから、安心しろ」

「おのれッ。ふざけやがってッ」

今にも頭目格が突っかかろうとしたとき、市松模様の侍は、よっこらしょと起き上がり、庇（ひさし）の遥（はる）か向こうの海辺を指しながら、

「あいつを狙っているのなら、やめといた方がいい」

と言った。脂ぎった顔つきの中年侍だ。

「なに、衝立越しに聞こえていたのでな。いらぬことかもしれぬが、袖摺（そです）り合うも多生（たしょう）の縁てやつだ。忠告しといてやる」

ニンマリと笑った市松模様の侍の顔は、無精髭（ぶしょうひげ）こそ生えているが、濃い眉に鋭い眼光、太い鼻、厚い唇と立派なものである。座っている姿も威風堂々としており、一角（ひとかど）の武家に見える。浪人たちがみな、尻込みしそうな、隙のない物腰だった。しかも、膝前には同田貫（どうだぬき）という大きな刀が置いてあった。

「――おまえ……あいつのことを知っているのか」

訝（いぶか）しみながらも、頭目格が訊くと、市松模様の侍は曰（いわ）くありげな笑みを浮かべて、

「知ってるもなにも、俺は奴に斬られるところだった。おまえたちの腕では、到底、倒

せる相手ではなかろう」

と言ったとたん、頭目格がいきなり抜刀して斬りかかろうとした。だが、目にも止まらぬ速さで、ふつうの刀の倍の重さのある同田貫を抜き放ち、切っ先を頭目格の喉元に突きつけた。

——うっ。

踏ん張って止まり、身動きできなくなった頭目格の額にはじわりと汗が滲み出てきた。同時に、他の浪人たちはそれぞれ市松模様の侍を取り囲むように座敷に上がって、刀に手をかけて身構えた。

一瞬にして不穏な空気が広がった茶店から、旅人たちは一斉に逃げ出した。茶店の主人と娘は驚いた顔で身動きができなくなっている。

「怪我では済まぬぞ」

市松模様の侍が余裕の笑みを洩らすと、頭目格は素早く一歩下がって、

「おまえには関わりないことだ。俺たちは必ず、あいつを仕留めるから、そこで寝そべって見てるがいい」

と見栄を張るように言った。

「どの道、大怪我をする。助太刀なら買って出てやってもよいが」

「無用。要らぬ節介だ」

「そうか……ならば高見の見物と洒落込(しゃれこ)もう。おまえたち、仕官が叶わぬばかりか、命を落としても知らぬぞ。ふはは」

浪人たちに向かって市松模様の侍は念押しして、キラキラと光る海と白浜の方を眺めながら、また横になった。

「――ふん」

頭目格は茶店から出ていこうとしたが、ふと振り返って、

「おぬし……名は何という」

「人に名を訊くなら、自分から名乗るものだ」

「そうだな……訳あって今は身分を名乗れぬが、さる藩の郡奉行(こおりぶぎょう)・今村左平次(さへいじ)……あいつは我が藩にとって遺恨のある輩(やから)。仇討(あだう)ちゆえ、助太刀はいらぬ」

「分かっておる。俺は……そうだな……」

眩しいくらいの風景を眺めながら、

「松波三十郎(まつなみさんじゅうろう)……いや、そろそろ不惑の年ゆえな、四十郎(しじゅうろう)にしておこう」

と言うと、今村と名乗った頭目格は侮蔑したように、

「ふん。本名も名乗れぬのか。どうせ、お上から追っ手がかかっている輩だろう」

吐き捨てて駆け出すと、他の浪人たちも猛然と追いかけた。美しい白砂を穢(けが)すような足跡が刻まれていった。

二

その若い男は真っ赤な女物の丹前を着て、海辺をふらふらと歩いていた。

丹前は吉原遊女・勝山が着ていたものだという。それを旗本奴や俠客などが真似て、縞柄の丹前に広幅の帯をだらりと締めていた。その昔、歌舞伎でも使われるほど流行っていたことがあるが、この若者は粋や風流などとは縁がなさそうだった。

間もなく梅が咲こうかという時節だが、厚手の褞袍は不釣り合いだった。帯には小太刀を差しているが、総髪を束ねただけで、どうも侍ではないようだ。

たまに蟹のように横歩きをしたり、押し寄せる波から逃げたり、逆に水際で履き物を濡らしたり、まるで子供が遊んでいるみたいだった。その若者の目鼻立ちは公家のように繊細で色白だが、どこか茫洋としていて、何を考えているか分かりにくい。

その数間ほど後ろから、これまた十七、八の若い娘が歩いてきている。目がまん丸で、おちょぼ口の可愛げのある面差しだが、表情は異様なほど硬く、射るように若者の背中を見ていた。

いや……娘の視線は、若者が腰に下げている大きな巾着袋に向いていた。ずっしり重そうだ。娘の目当ては、その中身のようにも見える。

しかし、若者の方は、まったく背後の娘に気づいている様子はない。ずっと波打ち際を漂うように歩いている。時に沖合の海鳥を仰ぎ見て、両手を羽のように広げて、飛ぶ真似までしている。

「――まったく何を考えているのやら……」

娘はひとりごちて、花柄の小袖の袂（たもと）で顔を隠すようにしながら、後を尾（つ）けた。

すると、旅姿の親子連れが、若者を追い越していった。子供はまだ三歳くらいの幼子である。二親が追いかけるのも構わず走り廻っていた幼児の足を、押し寄せてきた大波が掬（すく）った。幼児はあわや波に攫（さら）われそうになった。

すぐさま若者が駈け寄って抱き上げたが、幼子は吃驚（びっくり）したのであろう、わあわあと泣き出した。

「小僧。お父（とっ）つぁんとおっ母（か）さんから離れるから、こんな目に遭うのだぞ。油断大敵……といっても、まだ分からぬか。とにかく、離れるでないぞ」

と若者は説教を垂れたが、なぜか幼子はすぐに泣きやんで笑った。

二親が駈け寄って、「申し訳ありません。ありがとうございます」と言ったところで、噴き出した。若者は、眉を上げて目を寄せ、唇を突き出して、ひょっとこのような表情をしていたのだ。

「あはは……変な顔……」

幼子が素直に笑うと、若者はさらに表情を可笑しく歪めて、声まで鳥の鳴き声のように甲高くした。

「そんなに変な顔かい。でも、これは生まれつきなもんでな、直しようがないんだ」

若者が何か話せば話すほど、幼子は全身がずぶ濡れになったのを忘れたかのように笑い続けた。父親は改めて深々と頭を下げると、もう一度礼を言って、先を急いだ。母親の方も丁寧に挨拶をしてから、後を追った。

その変な顔のまま、若者はふいに後ろを振り返った。尾けてきていた娘は立ち止まり、若者のふざけた表情を目の当たりにして、思わずクスリと笑ってしまった。

「よほど急いでいるのかなあ」

若者が唐突に言うので、吃驚して立ち止まった娘は、何のことかと首を傾げた。

「今の親子連れだよ。こんなに綺麗な景色なのに立ち止まってゆっくりと眺めてもなかったような」

「え、ああ……」

どう答えてよいか分からず、娘が戸惑っていると、

「おまえさん、何か用かね」

「え……？」

「酒匂川辺りから、ずっと尾けてきていたようだが、もしかして俺に惚れたのかい」

と若者は表情を真顔に戻した。

凛とした容姿は、たしかに女好きのする顔だが、女物の丹前姿とは釣り合わない。傍から見れば、明らかにふざけているとしか思えない。

「なんだ。私に気づいてたの」

「あまりにも美人さんだからね。目立ってしょうがなかったよ」

「あらまあ、お世辞も言える人なんだね」

娘は決して美形ではないが、丸顔でえくぼが浮かび、愛嬌がある。

「私は、お蝶。小田原宿の茶店で働いていたんだけどさ、たまさか兄さんを見かけて、ちょいと気を引かれたんでね」

「おやおや。これは嬉しいことだ」

「今もとっさに子供を助けたけどさ、わずか小田原から大磯に来る間に、兄さん、随分と人助けをしたでしょ」

「してないよ」

赤い丹前を指しながら、娘は続けた。

「着物だって、身ぐるみ剝がされて可哀想な人に譲ったもんだから、自分はそんな格好をしているんじゃないの」

「いやこれは、宿屋の女将さんに譲って貰ったものだ。こっちの方が気に入ってるものでな。どうだ、意外と似合うだろう」

　若者はふざけて舞う仕草をして見せたが、お蝶は真顔で、

「いいえ。私は一部始終、見てたんですよ。小田原城下では物乞いに金を与え、酒匂川辺りには追い剥ぎが多いんだけど、兄さん、事もなげにやっつけた後に、『そんなに金に困ってるなら持ってけ。その代わり他の者には手を出すなよ』と恵んでやったしさ。前川村を過ぎて、袖ヶ浦では子供が虐めていた亀を、海に帰してやったり……まるで浦島太郎だ」

　お蝶はなぜか嬉しそうに語ったが、若者は、それがどうしたという顔で、

「腹が減ったな。宿場の茶店女なら、この辺りで美味い物を教えてくれ。俺は山育ちだから、海の物はよく知らん。よかったら、一緒にどうだ」

「おや。それって口説くつもりですか」

「ああ、功徳はした方がよいと、爺っ様によく言われた」

「爺っ様……？」

「ああ。俺を育ててくれた……あの山の向こうの村でな」

　小田原城下よりもさらに向こう、富士が見える方向にある箱根山を指した。

「箱根権現のある村だ。別当寺は金剛王院東福寺といってな、その昔、かの曽我五郎もいた所だ。知ってるか、曽我五郎」

「さあ、知らない」

「亡き父の仇討ちをした、曽我十郎・五郎兄弟だ。歌舞伎にもなってるらしいが、俺は観たことがない。山猿なものでな」

「仇討ち……」

お蝶が不安げにその言葉を繰り返したとき、白浜を駆けてきた浪人五人が一斉に、若者を取り囲んだ。茶店で待ち伏せていた今村左平次たちである。一斉に刀を抜き払って、問答無用に斬りかかった。

咄嗟に、お蝶を庇うようにして避けた若者は吃驚した顔で、

「なんだ。どうした。訳を言え。人違いではないのか」

と相手を見廻した。だが、身構えることもせず、茫洋と突っ立っているだけだった。

「箱根山の古鷹甚兵衛の孫だな」

「ああ、そうだが。おまえたちは誰だ」

「冥途の土産に聞かせてやろう。甚兵衛の息子、平八郎……つまりおまえの父親は、我が主君、荻野山中藩主・大久保備前守を闇討ちにした。その遺恨を晴らすために参ったのだ」

「――知らぬ。聞いたことがない」

「おまえは知らずとも、事実なのだ。ここで遭ったが百年目、覚悟せい」

「そう言われてもな、爺っ様も先頃、死んでしまった。だから、俺も山を下りて、こうして旅に出たのだ。こんな美しい景色が見渡せる中で、血腥い話はよそう」

若者はまったく敵意を見せていない。むしろ穏やかなまなざしで、潮の香りを楽しむように大きく息を吸って、

「俺は、古鷹恵太郎。爺っ様の話じゃ、うちは貧しかったから、色々なことに恵まれるようにと命名されたそうだ。だが、ご覧のとおり、金には縁がない」

と言った拍子に腰の大巾着がジャラッと鳴った。それを見て、今村たちの目の色が変わったので、若者は苦笑した。

「まさか、物盗りじゃあるまいな。これは石ころだ。投げ石に丁度よいのでな、あちこちから拾ってきた」

「…………」

「投げ石を知らぬのか。ほら、海や川に向かって水平に投げると、ピョンピョンと小気味よく跳ねて飛ぶやつだ。薄くて平らな石は、なかなかないものだな」

恵太郎と名乗った若者は、腰の袋から平べったい、直径二寸（約六センチ）足らずの小石を二、三個取り出して、海に向かって、今でいう〝サイドスロー〟の要領で投げた。小石は波の上を、ピョピョピョンと弾きながら飛んでいった。そして、浪人たちを振り返ると、まるで子供のような笑顔で自慢げに、

「どうだ。凄いもんだろ。おまえたちもやってみるか」

と小石を差し出した。

「――貴様……俺たちをからかっておるのか」

今村は苛ついた顔で言ったが、恵太郎はつまらなそうに「やらんのか」と波に向かって小石を投げた。

「すっ惚けておるようだが、おまえは親父の仇討ちをするために、山を下りたのであろう。狙いは分かっておるのだ」

「さっぱり分からぬ。親父の仇討ちってことは、俺の親父は誰かに殺されたのか」

「主君の仇討ちとして、俺の仲間が斬ったのだ。もっとも相打ちだったがな」

「そんな……親父とおふくろは流行り病で死んだと、爺っ様から聞いていたぞ。だから、俺は爺っ様に育てられたのだ」

「ふん。甚兵衛の大嘘を信じておるのか。まあよい……おまえが生きておれば禍根を残す。古鷹家を根絶やしにせねば、主君の仇討ちにはならぬのでな。覚悟せいッ」

「あ、そういうことだったんだ。こいつの親父の話ってことは、俺たちもまだガキの頃ってことか？」

と鹿之助が言うと、今村は腹立たしげに、

「話の腰を折るな。これまで散々、骨を折ってきたことを無駄にするな」

「洒落ですかい」

「うるさい。かかれ！」

今村が斬りかかると、鹿之助、猪三郎、猿吉、熊蔵らも声を合わせて躍りかかった。

若者はお蝶を押しやってから、ひらりと舞い上がり、熊蔵の大きな肩を踏み台にして、さらに跳ねると白砂に着地した。

一瞬、消えたように感じた今村たちが辺りを見廻すと、若者はすでに数間離れており、茶店の方に向かって走っている。

「あのやろう……追えッ」

今村が命じたとき、お蝶が両手を広げて止めた。

「待って下さいな、お頭」

「どけ。おまえの役目はここまでだ」

お蝶は真剣なまなざしで、今村の前に立ちはだかり、

「聞いて下さい。あの古鷹恵太郎は、悪い人じゃありません。あの人は人が尻込みするような危ない事でも、迷わず助けに行ったり、お金に困っている人には、何のためらいもなく与えたりしてました。自分が無一文になってでもです」

「奴がどういう人間かなどは、どうでもよい。主君の仇討ちのためだ」

「でも、お頭ともあろう御方(おかた)が、あんな若くていい人を殺していいんですか。それに、

仇討ちなら父親の方で、もう果たしていますよね。その子までを、仇討ちとして命を取らねばならぬのですか」

しがみつくように訴えるお蝶を、今村は強く突き放した。

「お蝶……まさか、おまえ、あいつに惚れたんじゃあるまいな。小娘のくせに色気づきやがって」

「ち、違います」

「それで、我が藩の密偵が務まると思うてか。草葉の陰で二親が泣いておるぞ」

「………」

「おまえの親も、古鷹平八郎に殺されたのを忘れたのか」

鋭い目つきで吐き捨てた今村が、恵太郎の方へ行こうとすると、行く手から「キャア！」と女の悲鳴が起こった。

一瞬、驚いたお蝶の目に映ったのは、つい先程、恵太郎が助けた子供の母親だ。母子共々、砂浜に倒れており、父親の方は刀を抜いて身構えている。その親子を取り囲んでいるのは、また別の浪人数人であった。

「えっ。何なの……!?」

お蝶も思わず駆け出すと、先に走っていっていた恵太郎が「おい！　待て待て！」と声を上げながら、親子連れを助けるために割って入っている。

――もしかして……あの親子連れが危ないと思って、今村様たちをあしらうや、助けに向かったのでは……。

と、お蝶は思った。旅の途中、そういう光景を何度も見ていたからだ。

「まったく、どういう人なの……？」

追っていくお蝶の足跡が、白浜にしっかりと残された。

三

「おい。よさぬか。多勢に無勢。しかも、幼い子にまで手をかけるとは、なんという非道。見逃すわけにはいかんな」

恵太郎が駆けつけたときには、すでに父親は腕を斬られ、深傷を負っていた。それでも果敢に立ち向かおうとしている。砂浜に倒れたままの母親は、泣いている子供を必死に抱きかかえている。その背中に、ひとりの浪人が斬りかかろうとした。

浪人の腕をガッと摑んだ恵太郎はそのまま小手投げで倒して、他の浪人たちを睨みつけ、

「せっかくの気持ちよい旅路を……さっきの奴らといい……一体、どうなってるのだ。おまえたちも、仇討ちの仲間か」

と詰め寄った。

だが、浪人たちは無表情のまま恵太郎にも斬りかかってきた。

今村たちとは違って、手練れ揃いである。まるで人斬りを生業としているような、冷徹な剣捌きだ。素早く避けたつもりだが、恵太郎の丹前の袖も一文字に斬られ、中から綿がはみ出した。

「こりゃ……丹前じゃなかったら、腕を斬られていたな。ありがたや」

恵太郎が誰にともなく手を合わせると、浪人たちは微かに表情を強張らせ、さらに斬りかかってきた。空を切るその音は背筋が凍るほど、鋭いものだった。

さすがに恵太郎は腰の小太刀を抜き放ち、打ち込んでくる浪人たちの刃を受け止めたり、流したりしながら身を守った。

——カキン、ガツ、シャリン！

青い海原に響き渡る刀を打ち合う激しい音に、駆けつけてきた今村たちは、危険を感じて足を止めた。

「お頭……どうする……」

熊蔵が声をかけると、今村は立ち尽くしたまま、

「凄腕ばかりだ……あれでは勝ち目はあるまい。俺たちの代わりに討ち取ってくれるに違いない。捨て置け」

と無情な声で言った。

離れた所で、鹿之助、猪三郎、猿吉たちも見物するだけだった。

すると——先程、茶店で屁をこいて松波四十郎と名乗った中年侍が、懐手で頬を撫でながら近づいてきた。浪人たちが振り廻している刀が当たりそうな所まで来て、なぜかニンマリと微笑を浮かべながら、

「助太刀しようか」

と訊いた。

浪人のひとりがチラリと松波を見て、

「余計なことをすると、貴様も痛い目に遭うことになるぞ」

と言った。

「俺は、おまえたちに助太刀しようかと訊いたのだ」

「なんだと」

「その若者の小太刀は、誰に習ったのかは知らぬが、中条流ではないか。戦国の世に広まった流派ゆえ、薙刀や槍術、大太刀を扱える上に、柔術にも優れておる。今、若者は適当に合わせているだけだが、本気を出したら、おまえらいっぺんに斬られてしまうぞ」

松波は暢気そうに声をかけたが、苛ついた浪人は「黙れ」と斬りかかった。

だが、わずかに身を躱して、擦れ違った瞬間に、松波は刀を抜き、すぐに鞘に戻した。

たたらを踏むように浪人が砂浜に倒れると、じんわりと赤い血が広がった。

それを見た浪人たちは凝然と立ち尽くしたが、恵太郎の方が声を強めて、

「何をするのだ！」

と迫った。

「斬りかかられたから身を守ったまで。人を殺そうとするなら、返り討ちに遭うことも覚悟しておらねばな」

松波は浪人たちを見廻しながら、

「だから、こうならぬよう、俺は助太刀を買って出たのだがなあ」

と、離れている今村たちの方にも向かって言った。

「どうする。おまえたちも、まだ仇討ちごっこをやるか」

今村たちは黙っていたが、もう一組の浪人たちは、斬られた仲間を抱え上げると、

「覚えておけッ」と捨て台詞を吐いて立ち去った。それを見ていた今村たちも恐れをなしたのか、散り散りに逃げていった。

ただ、お蝶だけはその場に残っていた。その姿を恵太郎はチラリと見てから、松波に食ってかかった。

「なぜ斬った。あんた程の腕なら、峰打ちで充分だろう」

「やらなきゃ、おまえが人殺しになっていたかもしれぬぞ。なに、俺は散々、人を斬っ

てきたから案ずるに及ばぬ」

「………」

「まあ、さっきの奴らと三つ巴(みどもえ)になって、殺し合いにならずに済んでよかった」

そんな話をしている間に、お蝶は腕を斬られた父親の手当てをしていた。子供はまだ恐ろしさに泣いている。母親はよしよしと我が子を抱きしめているが、震えは止まらないでいた。その様子を見ながら、

「あんたがやったことは、この子の脳裏に焼きついたかもしれない。とんでもないことをしてくれたな」

と恵太郎は、松波を責めるように言った。先刻までのおっとりした表情ではなく、怒りすら帯びていた。だが、松波はそれには答えず、父親に声をかけた。

「命を狙われる訳はなんだ」

「えっ……」

「今村とかいう間抜けな奴らとは違って、おまえを斬ろうとした奴らの気迫は尋常ではなかった。また狙ってくるぞ」

松波は値踏みするように相手を見ながら、

「子細があるなら、用心棒をしてもいいぞ。金次第だがな」

と言った。

お蝶に手当てをして貰っている父親は、どう答えてよいか一瞬ためらったが命懸けで助けてくれた恵太郎を見ていて、小さく頷いた。

「——私は、公儀大目付・越智伊予守の家臣、稲垣三郎左衛門という者でござる。これは妻の志乃と一子、清之助……小田原藩にて不穏の動きがあるとのことで、隠密探索をしておりましたが、江戸に戻る途中、かような目に……」

「妻子を連れて、隠密探索……か」

「志乃の里が小田原城下なので、密偵とは思われぬよう、目眩ましになるかと」

「だがバレておったということだな。ということは、浪人の形をしていたが、先程の奴らは小田原藩の者か」

「だと思います」

「何故、狙われたのだ。おぬしが藩に纏わる秘密でも摑んだから、かな」

「子細はご勘弁下さい」

「ま、そりゃそうだな……」

すぐに松波は納得して、茶店に戻ってきちんと手当てをするよう言った。稲垣は足首も挫いたようだったので、恵太郎は肩を貸して一緒に歩いた。

「それにしても、妻子共々、殺されなくて良かった。訳はなんであれ、人を殺すことは絶対にあってはならぬ」

恵太郎は少し離れて歩いている松波を、睨むような目で振り向いた。だが、松波は素知らぬ顔をしている。

「あなたたちは、本当の親子なのか」

いきなり恵太郎が訊くと、稲垣は少し驚いて、返す言葉を探しているかのように口を閉じた。明らかに不都合な問いなのであろう。

「いや……もし本当の親子ならば、あんな恐い目に遭ったのだ。子供は『父上ぇ、母上ぇ』と泣き叫ぶと思ってな」

「…………」

「さっき、波に攫われそうになったときもそうだった。清之助はふたりを呼ぶこともなかった。俺なんか、物心ついたときには二親はおらぬから、呼んだこともないが、幼子ならとっさに……そう思ってな」

恵太郎はさりげなく言っただけだが、稲垣の方は探りを入れられていると思ったのか、改めて助けてくれた礼を言って、

「お察しのとおり、志乃は私の妻ではなく、清之助も息子ではない。詳細は言えないが、このふたりを守って、ある所に連れていく途中なのだ」

「なるほど。ならば、あの松波とやらを用心棒に雇っておいた方がよさそうだなあ」

「用心棒……」

「あの松波って侍も何者かよく分からないが、小田原城下で俺がならず者に絡まれていたときに助けに入ってくれた。もっとも、俺はあいつもその仲間だと思って、少しだけ刃（やいば）を交えたが、かなりの手練れだ。悪い人間とも思えぬ」

「…………」

「俺は田舎者だから世の中のことがよく分からないが、こんなに物騒な所とは思ってもみなかった。山を下りてから、何度、危ない目に遭ったことか……死んだ爺っ様が、下界は危ないとよく言ってたが、本当だな」

「…………」

「もっとも美味いもんは多いし、こんな綺麗な風景もある。いい人間も沢山いることを願っているよ」

その言い草は田舎者というよりは、穢れた世俗とは縁がない、風流人に育てられた者のようだった。稲垣は不思議そうに横目で見ながらも、心は許していない様子である。

元の茶店に舞い戻った松波は、親父や娘を手招きして、腹が減っている恵太郎らに団子や餅を出してやるよう言った。そして、焼酎で消毒をして、稲垣の傷を塞いだ。

奥の座敷に陣取った松波は、恵太郎と稲垣の話に聞き耳を立てていたのか、

「本当のことを教えてくれぬか」

と稲垣に問いかけた。

「小田原藩内に揉(も)め事(ごと)があることは、実は俺も承知している。先代藩主の大久保忠真(ただざね)公が亡くなってからは、ゴタゴタ続きだ。忠真公の嫡男・忠脩(ただなが)が早世したため、孫の忠愨(ただなお)様が八代目当主となっておるが、まだ九歳。十人もいる家老や年寄ら重臣は、己(おの)が権力に執着してひとつに纏(まと)まらないらしいな」

「よくご存じで……」

「忠真公は、幕府の老中首座まで務められた御仁。幕政では家柄や出自に拘わらず、有能な人材を登用した。川路聖謨(かわじとしあきら)や矢部定謙(やべさだのり)らを勘定奉行などに取り立て、間宮林蔵(まみやりんぞう)に前代未聞の樺太(からふと)探検を実行させたりしたのは、あまりにも有名な話」

「さよう。国元では、二宮尊徳(にのみやそんとく)を起用して、財政再建のみならず、忠真公が作った学問所『集成館(しゅうせいかん)』などで報徳の教えを説きました。まさしく至誠と勤勉をもって、領民の暮らしを豊かにした御方でございます」

稲垣が補足するように言ったとき、傍らで聞いていた恵太郎が身を乗り出して、

「二宮尊徳さんて、あの二宮金次郎(きんじろう)さんのことだよね」

と訊いた。稲垣はすぐに頷いて、

「さよう。領内のみならず、この天保の大飢饉に際しては、常陸国(ひたちのくに)など関八州(かんはっしゅう)の国々や伊豆(いず)のあちこちで救民策を取り続け、幕府からも招かれておるところです」

後に幕臣になる二宮金次郎のことを、恵太郎は知っていると話す。

「まだガキの頃だが、二宮様が領内視察の一環として、俺の村にも来たことがあるんだ。その折、うちに泊まって、爺っ様となんやかや夜っぴて話してた」

「そうですか、二宮様に会ったことがあるのですか」

「難しいことは分からなかったが、でっかい体なのに、優しくてニコニコしてたのを思い出すなあ」

「たしかに背丈は六尺（約一八〇センチ）もありますな」

「村は必ず良くなる。田畑を増やし、薬草園を作ったり、材木を伐り出して富を得ようとか、その村に応じた提案をしてた」

「ええ。小田原藩の財政を良くしたのも、倹約と歳費軽減によるもので、それは領民のための善政でもありました」

「徳に報いるために働く。実入り以上の贅沢はしない。分度をして溜めたものは人に与え、礼をもって借金は返す……それに、小を積んで大と為すとかね」

「さよう。〝仁義礼智信〟の人倫五常の道を守れということです」

稲垣が付け足すと、恵太郎は懐かしそうな目になって続けた。

「二宮様ご本人も幼い頃に、酒匂川の氾濫で家や田畑を失い、祖父と暮らしていたことがあるとか。ですが、祖父がケチで、書を読むための蠟燭もろくに灯してくれないので、自分で菜種を植えて油を取ったらしいですね。そんな話も聞きましたが、まさしく窮状を凌ぐためには智恵を働かせよ。そう教えてくれました」

「ところが、今や藩の重臣たちは報徳精神を忘れたのか、忠真公が亡くなったとたん、幼き藩主の後ろ盾となって藩政を牛耳ろうという輩ばかりで……とても老中を担ってきた藩とは思えぬ様子です」

　小田原藩は、三河譜代の重臣・大久保忠世が所領を与えられて成立した。その後、嫡子の忠隣が酒匂川の築堤や伊豆土肥金山の開坑などをした。が、かの佐渡金山奉行・大久保長安と共謀して家康に謀反の策略をめぐらしたと誤解され、近江へ配流となった。

　その後、阿部正次、さらに稲葉正勝ら有能な大名が交替で入封し、十一万石の大藩を築いてきたのだ。藩主であった阿部家、稲葉家はいずれも幕閣の要職にあったのだが、貞享年間に再び大久保家が藩政を担うことになった。それが、老中・大久保忠朝である。

　その忠朝の子である忠増がふたりの弟に分知したのだが、そのひとつが荻野山中藩である。今般の小田原藩の騒動には、支藩である荻野山中藩も関わっている節があると、稲垣は話した。

「荻野山中藩……？」

　恵太郎は首を傾げながら、稲垣を見やった。

「そこは、小田原藩の大久保家の分家だったのか……いや、なに。先程、俺を襲ってきた奴が、荻野山中藩の主君・大久保備前守の遺恨を晴らすと言ったのだ」

「――なるほど……」

と大きく頷いたのは、松波の方だった。

「それで読めてきた。恵太郎殿……おぬしを襲ったのは、郡奉行の今村左平次。そして、稲垣殿。そなたを消しにかかったのは、名乗りはしなかったが、おそらく……小田原藩・大年寄の杉浦、家老の服部、加藤、辻のいずれかの手の者かと……」

「かもしれませぬな……」

稲垣も納得したように相槌を打ったが、

「それにしても、松波殿はどうして、かように小田原藩の内情に詳しいのですか」

「なに。暇な浪人暮らしなのでな、仕官先探しのために内情を少しばかり調べていただけだ。しかし、泰平の世の中、この腕を活かす藩はなかなか見つからぬ」

松波は自分の腕を叩いて答えたが、稲垣の目には適当に誤魔化しているとしか見えなかった。だが、恵太郎が興味深そうに、

「ならば松波殿。小田原藩のゴタゴタに首を突っ込んで、解決してみてはどうだい」

「む……？」

「上手くいったら、雇って貰えるかもしれないじゃないか」

「若造のくせに、剛毅なことを言うではないか」

「稲垣殿が言うとおり、先代藩主亡き後、二宮金次郎さんが蔑ろにされながら孤軍奮闘しているのだとしたら、それを助けるのが世のため人のためだと思うけどな」

「ほう。それは、おぬしの考えか」

「爺っ様なら、そうすると思って。恩を忘れたら、人でなしだからね」

率直に思ったことを口にする恵太郎に、松波は微笑みかけて、

「さすがは甚兵衛様の孫だな」

と何気なく言った。すると、恵太郎の方が少し訝しげに訊き返した。

「俺の爺っ様のことを知ってるのかね」

「いいや。さもありなんと思うたまでだ。それに、身の危険も顧みず、稲垣殿たちを助けに入ったのを見て、只者ではないと……な」

松波はこれまた誤魔化すように言った。稲垣も思わず苦笑したが、志乃は中腰になって辺りを見廻しながら、

「おや……あの娘さんの姿が見えませんが……」

と呟いた。

「お蝶か……そういえば、そうだな」

暢気そうに恵太郎が言うと、松波はすべてを承知しているかのように、

「あの小娘もどうせ訳ありなんだろうよ」

と言って、それが癖なのか、しきりに頬を撫でている。

その声を――お蝶は、茶店の裏に繋（つな）がる納戸の陰から、真剣なまなざしで耳をそばだてて聞いていた。

四

大磯の浜が見渡せる小高い雑木林の中に、小さな地蔵堂がある。今村左平次は腕組みして、海辺の茶店を見下ろしていた。

ここからの眺めの方が、富士山も海も雄大に感じる。押し寄せる白波の音も心地よく、燦（きら）めいている海原も広くて、水平線がくっきりと美しかった。

「お頭……他の者たちは……」

下草を踏み鳴らしながら駆けつけてきたのは、お蝶である。振り向いた今村は待ちかねていたかのように、

「案ずるな。あの恵太郎を見張っておる。それより、何か分かったか」

と訊いた。

「はい。お頭が思ったように、襲われた子連れの夫婦者は、公儀隠密でした。大目付配

下の稲垣と名乗っておりました」

「やはりな。ということは、斬りかかった方は小田原藩の……」

「そうです。誰の家臣かはまだ分かりませんが、藩内の揉め事が公儀に知られてはまずいと判断し、消しにかかったのかと」

「松波とやらに斬られた者がおろう。浪人の形をしておったが、あれはたしか家老・服部外記(げき)の家臣だ。城中で何度か顔を合わせたことがある。他の者たちも、おそらく家中の者であろう」

「服部様といえば、先代の忠真公の腹心中の腹心として仕えていた御仁ではありませぬか。それが、どうして……」

「不都合なことを公儀に知られてはまずいからであろう」

「その不都合なこととは……？」

「小田原藩は元々、豊臣秀吉(とよとみひでよし)が北条(ほうじょう)を落とし、徳川(とくがわ)家康公が関東入りする際にできた藩で、老中を輩出しておる。ゆえに、家老職が多いのだ。そのため、忠真公は藩政改革の一環として、家老の数や俸禄(ほうろく)を下げていった。そうすることで、藩士も減らすことができるからだ」

「はい……」

「その上、二宮尊徳をして大鉈(おおなた)を振るわせたがため、家臣たちからは不満が噴出した。

たしかに泰平の世にあっては、不要の藩士たちもおるゆえな。藩としては、無能な者の首を切らざるを得ぬ」

　特に服部、加藤、辻という家老たちは〝派閥〟の長のようなもので、自分の配下の者たちを路頭に迷わせるわけにはいかぬ。裏では丁々発止のやりとりがあるのだ。つまり、忠真を継いだ忠愨の後見役を誰が担うかによって、権勢が変わってくる。

「そのようなゴタゴタがあることが公儀の知るところになれば、かつてのように大久保家は何処(どこ)ぞに追いやられ、別の大名が藩主として入ってくるやもしれぬ。家老たちはいずれも、それだけは避けたいはずだ」

「つまり、何事もないと見せかけておかなければならない……」

「そのとおりだ。が……その煽(あお)りを食って、我が荻野山中藩とて同じ運命……になりかねぬ。本家がなくなれば、我らとてお払い箱になるであろう」

　今村は先刻までの殺気が失(う)せ、愁いを帯びた顔になった。だが、お蝶はむしろサバサバした表情で、

「ならば、お頭……私たちも伊賀(いが)の里に帰るか、他に仕えた方がよろしいのでは？」

　と言った。

「馬鹿を言うな。我が藩の家老・近藤左近将監(こんどうさこんのしょうげん)様は、それこそ本家の行く末を案じておる。備前守様が亡くなられてから藩主不在ゆえ、近藤様が小田原藩から支藩である当

藩の政を任されておるが、なんとしても本家筋から再び、殿様をお迎えしたいと尽力しておるのだぞ」

「承知しております。ですが……」

「そういう時世ゆえな、本家である小田原藩内部での抗争は厳に慎まねばなるまい」

まるで自分が藩政を担っているかのように、今村は言った。

「分かっておるな、お蝶……そのためには、亡き殿を殺した古鷹の息子を、何としても討たねばならぬのだ。そして、その首を近藤様にお届けし、大久保本家から藩存続の大義名分を得なければならないのだ」

忠臣らしい態度の今村を、お蝶は尊敬してはいるものの、何処か違和感があった。自分たちが藩の密偵を命じられているのは、出自が忍びだからだ。しかし、今村は武士になりたいと思っている節がある。それゆえ、近藤の言いなりになっていることを、お蝶は危惧していたのだ。

「――なんだ、お蝶……何か言いたいことがあれば言ってみろ」

「政事については、私は分かりません。ですが……私たちが狙っている古鷹恵太郎は、本当に殿の仇（かたき）の子なのでしょうか」

「どういうことだ」

「古鷹家は、近藤様が御家老になる前から、我が藩を支えてきた家老の家系です」

「そんなことは分かっておる」

「殿を闇討ちしたとされる古鷹平八郎は、殿を亡き者にした直後に、当時は殿の用人だった近藤様の命によって討たれています。恵太郎は母親によって祖父の甚兵衛に預けられていました」

「…………」

「その頃は、私も幼かったですから、事件について、はっきりとは覚えてませんが、父からも聞きました」

「さよう。おまえの父親は、近藤様に命じられて、平八郎を追ったのだが、返り討ちに遭った。伊賀屈指の組頭の父親が、あんな目に遭ったのだ」

胸が詰まりそうなお蝶に、今村は冷ややかに続けた。

「同行した母親もな。だからこそ、古鷹家は根絶やしにせねばならぬ。奴はすっ惚けていたが、甚兵衛が話してないとは思えぬ」

「そうでしょうか……さっきも話しましたが、私が見張っていた限りでは、あの恵太郎という者は、父親の事情などまったく知らないと思います。古鷹家も何処その家臣ではあったけれど、代々、浪人暮らしと思っているようです」

「それこそ、世を欺く姿よ。いずれ、我が藩にとって、災厄をもたらす輩に違いない」

「でも……」

お蝶は何か言い返そうとしたが、今村は面倒臭そうに、

「もうよい。おまえは此度の一件から離れておけ……死んだ二親に代わって、育ててやった恩を忘れたのか」

「それには感謝しております。でも、お頭は勘違いをしていると思います」

「なんだと……」

「殿の仇討ちをする相手が間違っている。私はそう思います」

「いい加減なことをッ……」

さすがに今村の表情が険しくなった。そのとき、鹿之助が林間を駆け抜けてきて、今村の前に跪いた。

「事情は分かりませぬが、恵太郎は小田原の方に戻っていきました」

「うむ。他の奴らは」

「松波に斬り殺された者の仲間たちも城下に向かい、夫婦者は何故か、松波とともに荻野山中藩の方に歩を向かわせました……それぞれの道へと別れたようです」

「どういうことだ……」

浪人たちは小田原藩家老の服部の手の者、子連れ夫婦は公儀隠密だということを鹿之助も承知しており、猪三郎ら他の者は三手に分散して尾けているとのことだ。

だが、松波だけは何者なのか、まだ分からないという。

「――妙だな……奴はそもそも俺たちの動きを探っていたようだしな……」

何かが蠢き始めたと今村は思い、自分は松波の後を追い、事と次第によっては斬ると心に誓った。たしかに手練れではあるが、領内に帰れば数十人の手下がいる。一体何の目的で関わってきているのか、正体を吐かせた上で葬るつもりだ。

今村が毅然とした顔で駆け出すと、鹿之助も後を追った。

だが、お蝶はしばらく眼下の白浜を眺めていた。小田原の方に戻る恵太郎の姿が見える。しかも、まだ赤い丹前を纏ったままで、鳥の羽のように両手を広げて、波打ち際を走っている。

「ほんと、何を考えてるんだか……」

どうしても恵太郎のことが気にかかり、お蝶は小走りで、来た道を海辺の方に下っていくのだった。


その日の夕方近くになって――。

恵太郎は小田原城の西側に広がる武家屋敷に来ていた。東側は元北条氏の家臣がいたとされるが、今は御用所などが置かれ藩役人が詰めていた。西側の二の丸と三の丸の堀に挟まれた辺りには、大久保家が入って後、藩の重臣たちの屋敷が並んでいた。

その外輪を取り囲むように、中級以下の藩士の住まいがあり、その一角に二宮尊徳の拝領屋敷もあった。藩財政再建の立役者ではあるが、百姓の出のせいか、わずか五石二人扶持の下級武士だ。長屋同然の侘び住まいであった。

だが、家老の服部家には近く、呼ばれるとすぐに飛んでいける所にあった。文化年間に、服部家の財政立て直しを二宮尊徳に依頼してからの付き合いである。五年かけて節約を実施し、三百両もの余剰金を作ったという。だが、その報酬すら受け取らなかったことで、

――人徳優れている者。

と評され、藩主の忠真公から表彰を受け、藩の財政にも関わるようになった。

そこで、二宮尊徳は、〝五常講〟なる互助的な金融制度を創設して、低金利で金を廻すようになった。五常とは儒教でいう「仁義礼智信」のことであり、いわば道徳心を担保にして金を貸すという、〝性善説〟に則った施策である。一歩間違えば、借金の踏み倒しが増えて混乱が生じるところだが、不思議なことに、小田原城下では嘘のように上手くいったのである。

その手腕は小田原藩に留まらず、大久保家の分家を再建した上に、所領地の実収を上げ、駿河、相模、伊豆の至る所の救済にも発揮され、二宮尊徳の名は幕府にも届くようになっていた。

それでも、冠木門すらない侘び住まいである。

恵太郎は城下の人々に尋ねながら、ようやく辿り着いたのだが、屋敷の玄関は闕所されたように板が打ちつけられており、庭の草も荒れ放題で、人の気配はなかった。

もしかしたら、ここは前の住まいで、今はもっと良い所に引っ越しているのかもしれないなと、恵太郎は勝手に思った。

「ここは、二宮尊徳さんの家に間違いないかね」

通りがかりの藩士らしい侍に訊くと、恵太郎の丹前姿や言葉遣いを不審に思ったのか、逆に誰何された。恵太郎は正直に答えたが、

「ちょっと、そこまで来い」

と番小屋に連れていかれた。そこは町奉行所の表門の脇にあった。

中に入ると土間があって、格子窓のような衝立があり、奥に役人が数人、たむろしていた。恵太郎は半ば無理矢理、土間に座らされ、連行してきた藩士が威圧的な態度で問い質してきた。

「何故、二宮の屋敷を探っておった」

「いや、探っていたのではなくて、訪ねてきたのだ」

「用件はなんだ」

「特に用件てほどのものはないが、急に懐かしくなって、ご尊顔を拝したくてね」

「ご尊顔……」

侮蔑したように言った藩士の声に、奥の役人たちも小馬鹿にした笑いを浮かべた。

「玄関が閉ざされてましたが、今は何処におられるのでしょうか」

恵太郎が訊くと、藩士は野太い声で「知らぬ」と答えてから、訝しげに問いかけた。

「おまえの方が知っているのではないのか」

「いえ。二宮さんは俺のことなんぞ覚えてないと思います」

「ほう……その程度の仲の者が、何故、訪ねてきたのだ。有り体に申してみよ」

さらに威圧する藩士に、恵太郎はどう答えてよいか困ったが、大磯の浜での出来事を馬鹿正直に話した。自分が、荻野山中藩の手の者に藩主の仇討ちと間違われて襲われたことや、小田原藩の藩士らしき者たちが、公儀大目付の密偵を殺そうとしたことなどを伝えた。

すると、藩士はおもむろに刀を抜いて、その切っ先を、恵太郎の目の前に突きつけた。だが、恵太郎は臆することもなく、

「なんの真似ですか」

と訊き返した。

「おまえは何者だ……二宮尊徳を何処に隠したのだ」

「えっ？　言っていることの意味が、よく分からないのですが」

「惚けずともよい。たしかに、公儀隠密に追っ手をかけたのは、俺の仲間だ。その折、

おまえのような形をした若造が、助けに入ったとの報せも届いておる」

「あ、そうだったのか……それなら、先に言ってくれたらよかったのに」

恵太郎の人を食ったような物言いに、藩士は苛ついて、切っ先で肩を突つき、

「一緒にいた凄腕の浪人は何者だ……おまえの仲間か」

「いやいや。城下で一度、顔を合わせてはいるが、あそこで初めて会ったようなものだ。でも、よく分からない人だなあ」

「もう一度、訊く……二宮尊徳を何処に隠した」

「なんか、誤解してるなあ。仇討ちに間違われたり、せっかく山から下りてきたのに、ろくなことがない」

呟くように言ってから、恵太郎は藩士や奥の役人たちに訊いた。

「ということは、二宮尊徳さんは城下にはいないってことですか。何処かへ逃げたのでしょうか。公儀隠密の話では、二宮さんは藩の立役者なのに、家中の者には何故か嫌われているということでしたけれど」

「余計な話はよい……仲間ではないのだな」

「違いますよ」

「二宮は、以前にも突然、行方知れずになったことがある。上役に改革を邪魔されたとかで、姿を晦ましおった」

「へえ。そんなことが……」

「その折は、成田山で修行をしていたと嘯いておったが、今度は事情が違う」

「どう違うので？」

「散々、世話になった服部家に楯を突き、藩に対して謀反を起こそうとした」

「まさか……」

「事実、御家老の家臣をひとり斬りつけておる。奴は、先代藩主の忠真公が亡くなって、後ろ盾をなくしたものだから、何もかもが上手くいかず、自棄になっているのだ」

　興奮気味に藩士は語ったが、恵太郎は藩の内情などまったく意に介さず、

「俺にはどうでもいい話だ……二宮さんがいないのなら長居は無用。腹が減ってきたし、暗くなったので宿でも探すとするか」

　と立ち上がろうとした。その目の前に、藩士は切っ先を突きつけたが、恵太郎は指先でそれを払いながら、

「城下だと、やはり鰻の蒲焼きとかが美味いのかなあ」

「ふざけるなッ」

　藩士はさらに刀で脅そうとしたが、その峰を掌で押さえて、

「本当に俺は何も知らぬのだ。箱根山から下りてきたばかりで、世間のことなんぞ、何も分からぬのでな」

「箱根山……」

「ああ。箱根神社に世話になっていた古鷹恵太郎という者だ。亡くなった爺っ様の名は甚兵衛。俺はただの山猿だ。御免」

立ち上がった恵太郎を、藩士も奥にいる役人たちもエッと見やった。その様子を、恵太郎も異様に感じたのか、顔に何かついているかと尋ね返した。

「おまえ……本当に、古鷹恵太郎……か」

「ああ、そうだ。それが何か」

藩士は刀を引いて鞘に納めると、奥の役人たちと目配せをして、

「相分かった。構わぬ。立ち去ってよい」

と言った。

釈然としない恵太郎だったが、疑いが晴れたのならよいと、番小屋から出ていった。宿を探して城下をうろついていたが、いくつかの人影が、ずっと尾けてきていることに、恵太郎は〝野生の勘〟で気づいていた。

月が朧（おぼろ）に浮かんでいる。

「――世の中ってのは、なんだかざわしてて、いけないなあ。爺っ様ぁ……」

恵太郎は月を見上げて呟いた。

五

騒ぎが起こったのは、その夜半過ぎであった。

恵太郎は適当な安い旅籠を見つけて転がり込み、飯にありついた。偶然にも、この宿の主人は、つい先日、ならず者に絡まれて金を巻き上げられそうになったところを、恵太郎に助けられたという。

それゆえ、相模湾で獲れたばかりの魚の刺身や天麩羅、鍋料理などをたんまりとご馳走してくれた上に、酒まで出してくれた。酒は苦手なので断ったが、ゆっくりと湯に浸からせてもらった。さらに、女物の丹前ではあんまりだと、紬の着物も用立ててくれたのだ。

「情けは人のためならず。爺っ様は良いことを話してくれたなあ」

と恵太郎は思いながら、長かった一日の疲れを癒やすように、すぐに眠りに落ちた。

——グウグウ、グウグウ……グガガガッ。

その高鼾に誘われたかのように、旅籠の二階の廊下には、怪しげな人影が三つ現れた。何処から入ってきたのか、抜き足差し足で、用心深く近づいてくる。いずれも腰に刀を差した侍のようである。

「うるさすぎるな……鼓膜が破れそうだ」

「いいから、襖（ふすま）を開けろ」

「おまえが先に行け」

「なんだ、怯（ひる）んだのか。相手はひとりだぞ」

「しかし、かなりの手練れとのことだ。もし、やり損ねたら、こっちが危ない」

ひそひそ声で人影は言葉を交わしていたが、恵太郎はまったく気づいていない。

三つの人影は調子を合わせて、襖を引き開けるや一気に踏み込んだ。障子窓からうっすら月明かりが漏れているが、薄暗い部屋の中では、恵太郎が物凄い鼾をかきながら熟睡している。

「今だッ」

ひとりが声をかけるや、他のふたりも刀を抜き放って、一斉に布団の上から突きかかった。だが、グガッとさらに大きな鼾の音を発して、恵太郎は寝返った。偶然、掛け布団を引っ張ったため、その端を踏んでいた人影がドタンと倒れた。

「シッ――」

ひとりが思わず指を立てて制したが、恵太郎はまったく気づいておらず、掛け布団を丸めて抱きつくようにして寝ている。

起き上がった人影が、気を取り直して突きかかろうとすると、今度は恵太郎の鼾がピ

タリと止まった。もしかすると気づかれたのではないかと、三人とも足を止めた。次の瞬間、

「ゲホゲホ、ゲホゲホ！　ゲホッ！」

と激しい咳をしながら、恵太郎はハッと上体を起こした。

「うわっ」

別の人影が吃驚して飛び退ったが、柱でしたたか背中を打った。相手が気づいて反撃してくると思ったのだ。だが、恵太郎は激しい咳を繰り返してから、

「爺っ様……昨日の猪鍋は硬くて食えたもんじゃなかったなあ……今度はもっと美味いものをたらふく食わせてやるからな」

と言ってドタンと仰向けに倒れ、また高鼾を立て始めた。

「寝惚けてやがる」

「このまま、あの世に行かせてやろう」

「ああ。爺っ様と涙の再会だ」

さらに人影が斬りかかろうとしたとき、サッと別の襖が開いて、狐のような身軽さで飛び込んできた者がいた。驚愕した三つの人影は散り散りに壁際に逃げた。

「見たよ、見たよ。あんたら、小田原藩は服部様の御家中の者だね」

涼しい女の声である。

「――――!? だ、誰だ。おまえは……」

侍のひとりが喉の奥から絞り出すように訊くと、

「女狐おこん、とでも言っておきましょうかね」

微かに月明かりに浮かんだのは、頬被りをして狐の面をつけた女だった。懐剣を手にして、恵太郎の側に来て身構えた。そして、三人の武士の頭目格は、昼間、恵太郎に誰何して番小屋に連れ込んだ藩士だった。

「御家老・服部外記様の家来、岡村様……でございますよね。寝込みを襲うとは、武士の風上にも置けない所行ですね」

「構わぬ。誰でもいい。こやつも一緒に殺してしまえ」

岡村と呼ばれた藩士は、やけくそのように他のふたりに命じた。だが、斬りかかろうとした寸前、ふたりともなぜか「うわっ」と前のめりに倒れた。女狐おこんが、乗り込んできたとき、見えない糸を侍たちに絡めていたのだ。

間髪を容れず、棒手裏剣のようなものを、女狐おこんは藩士たちの肩に投げつけた。同時に、ヒラリと跳んで、ふたりの侍の首根っこを手刀で打ちつけ、斬りかかってくる岡村の鳩尾を拳で突いた。

「うっ……」

その場に崩れ落ちた岡村を横目に、女狐おこんは、まったく知らぬ顔で寝ている恵太郎の体を揺すった。それでも目を覚まさない。しかたなく、女狐おこんは寄り添うように寝転び、恵太郎の耳を噛(か)んだ。

「痛い痛いッ……なんだ！」

ハッと目が覚めた恵太郎は、女狐の面を見て凝然となった。

「急いで逃げましょう。理由は後で話します。さあ、早く」

「いや、痛い……」

「あなたは命を狙われているのです。ほら」

女狐おこんが指さすと、抜き身の刀を握ったまま倒れている三人の侍がいるのを、恵太郎は目の当たりにした。

「なんだ……何があったのだ……」

「あなたは強い運の持ち主ですね。それとも、眠ったままでも敵の攻撃を避ける術を、箱根の山奥で培ったのでしょうか。さあ早く」

恵太郎は起き上がると、岡村の顔を見て、

「こいつは……」

と呟いた。その手をすぐに摑んだ女狐おこんは、恵太郎を階段の下へと導いていった。

騒ぎに目が覚めたのか、宿の主人が吃驚仰天して見ていたが、

「済まぬ。寝間着のままだが、失敬する。一宿一飯(いっしゅくいっぱん)の恩は忘れぬぞ」

「えっ……」

「縁があったら、また会おう。達者でな」

風のように立ち去った恵太郎と狐面の女を、まさに狐につままれたように、主人は見送っていた。

何処をどう歩いたか、半刻後には、舞い戻ったばかりの城下から、今度は海辺を避けて、小田原宿から東海道へ向かっていた。途中、狐面を取ったが、その下に現れた顔は——お蝶であった。

「やっぱり、おまえか……」

恵太郎は大して驚きもしなかった。不思議に感じたお蝶が目を丸くしていると、

「匂いだよ。おまえさんの肌から漂う匂いを覚えていただけだ」

と笑って、恵太郎はまじまじと見た。

「えっ……」

少しばかり恥じらうお蝶の顔が、淡い月明かりに浮かんだ。

「はは……俺の鼻は、犬や熊みたいに利くからな。おまえの言うとおり、山の中で培われたものだ、あはは」

飄々と歩き出す恵太郎の間抜けな寝間着姿に、お蝶は呆れ顔でついていくだけだった。だが、妙に心は軽かった。

押切川（おしきりがわ）を渡り、梅沢（うめざわ）を過ぎた頃には、すっかり東の空が明るくなっていた。

明神山（みようじんやま）を仰ぐように続く街道には、昼間なら茶店が何軒か開いているのだが、まだ炊（かし）きの煙すら上がってなかった。

やはりこの辺りは、富士山の東麓と丹沢（たんざわ）山地の影響があるのか、歩いていても気持ちが良く大らかになる。人の心を豊かにする光景であるのを、恵太郎は改めて感じていた。

さらに東に進むお蝶の足取りは、異常に速かった。

「ちょっと待て、お蝶……そんなに急いで、何処へ行く」

恵太郎が声をかけると、お蝶は振り返りもせず、

「逃げてるのですよ。あなたを襲ったのは、小田原藩家老・服部外記の手の者です。追っ手がかかれば、藩領内にいる限り、あなたの身が危ない」

「俺は、お上に咎（とが）められるようなことは何もしてはいないがなあ」

「あなたに罪はなくても、そう思う人もいるのです」

「言っていることが、よく分からぬ……身に覚えがないのに、逃げるのはどうもな」

「とにかく私と一緒にいて下さい。あなたは、自分が思っている以上に大切な御仁なのでございますよ。世のため人のために」

「益々（ますます）もって分からぬ。だが、まあいい。お蝶がそう言うのだから信じておこう」

屈託のない表情になると、お蝶も微笑み返して、

「本当に、人を疑うってことを知らない人なんですね。羨ましい」

「ならば、お蝶もそうすればいい。あはは」

何が楽しいのか、朝日が広がり始めると、恵太郎の方が早足になり、ズンズンと前に進み始めた。時に鳥や虫が飛んでいるのを、追いかけている。本当に子供のような姿に、お蝶は笑ってばかりであった。

国府(こふ)を過ぎ、首切れ地蔵や切通し、小磯(こいそ)の橋を渡ると、西行(さいぎょう)の歌で有名な鴫立沢(しぎたつさわ)がある。右手の松林の向こうには、昨日通った大磯の浜が燦めいている。大磯宿を経てまっすぐ平塚宿(ひらつかしゅく)まで行くか、高麗寺(こまでら)から山道に入るか、お蝶は立ち止まって考えた。高麗寺には、曽我十郎・五郎兄弟と縁が深い虎御前(とらごぜ)ゆかりの庵もあった。

「恵太郎さん、待って下さい。こちらの道から参りましょう」

「む？　当てでもあるのか」

「一旦、荻野山中藩に向かおうかと思います。そこから先に行けば甲州(こうしゅう)街道にも出られますし、武蔵(むさし)の国の方にも……」

「それで一体、何処へ行こうというのだ」

「差し当たってで、ございます」

「――なんだよ、急に丁寧な言葉遣いになって……背中が痒(かゆ)くなる」

手にしていた木の枝で、恵太郎は背中を掻いた。昨日は女物の丹前で、今日は宿屋の寝間着姿である。いかにも恥ずかしい格好ながら、当人はまったく気にしている様子はない。

「荻野山中藩といえば、俺を襲ってきた奴らじゃないのか」

「これには深い訳があるようです。私も何となく分かってきた気がします」

「どういうことだい」

「実は私も……」

藩に命じられた密偵のひとりだと言いかけたときである。

林道から、村娘らしき女が悲鳴を上げながら駆けてきた。継ぎ接ぎだらけの着物姿は、貧しい暮らしを物語っていた。履き物の鼻緒が切れたのか、たたらを踏むように倒れてしまった。

したたか膝を打ったのか、なかなか立ち上がらなかった。そこに、数人のならず者風が追いかけてきて、村娘の肩や腕を摑んで座らせるや、いきなり頰に平手打ちをした。

「ちょいと。何すんのさッ」

考えるよりも先に駆け出したのは、お蝶である。素早く近づいて、村娘の袖を摑んでいるならず者の腕を捻り上げて投げ倒した。他のならず者たちは血相を変え、お蝶に怒声を浴びせて殴りかかった。が、お蝶には鈍い動きに見えたのであろう、一瞬のうちに数人を投げ倒した。

「やろう。ふざけやがってッ」

兄貴格が匕首を抜いたが、お蝶はまったく怯まず、自分も懐剣を取り出した。

「か弱い女を虐める輩が一番嫌いなんだよ。怪我をしないうちに失せな。でないと、あっちの方もちょん切って、役立たずにしてやる。さあ、どうするッ」

物凄い啖呵に、踏みとどまったならず者たちは、お蝶の後ろから来る恵太郎に目を移した。寝間着姿なのを見て、「なんだ、てめえは」と訝しんだ。恵太郎は面倒臭いと思ったのか、問答無用で小太刀を抜き放って、舞うようにならず者たちに駈け寄り、目にも留まらぬ速さで斬った。

何事もないように見えたが、数人のならず者たちの髷はちょん切られ、着物の帯も切り裂かれていた。髪の毛が乱れ、着物の裾も垂れ下がったならず者たちは、「ヒエッ」と奇天烈な声を発しながら逃げた。

お蝶はすぐに女に寄り添って、

「大丈夫かい。一体何があったんだい。あいつらは……」

と訊いた。

女はゆっくり立ち上がって深々と頭を下げた。よく見ると、まだお蝶くらいの若さで、色白の大人しそうな顔だちであった。しかし、あまりの恐怖のためか、体が小刻みに震えている。

「わ……私は、家老に囚われていたのです」

「家老……？」

「はい。荻野山中藩の家老・近藤左近将監の屋敷に……」

女が答えると、お蝶の表情が一変した。

「まさか、そんなことが……」

「本当です。私は、おみなという者で、厚木村の惣庄屋・仁左衛門の娘です」

厚木村は、荻野新宿という宿場町に比べて大きく、産業の中心地であり、相模川の船による交易場としても栄えていた。かの戯作者・滝沢馬琴が訪ねてくるほど、厚木には俳諧や漢詩、華道などを嗜む文化的風土もあった。その村の惣庄屋の娘にしては、貧しいいでたちだが、これは近藤のせいだという。

「家老の近藤様とは、年貢の取り立てのことなどで揉めておりましたから、私はその煽りで酷い目に遭っていたんです」

涙ながらに切々と訴えるおみなと名乗った娘に、お蝶は信じられないと首を振り、

「近藤様はたしかに強引なところがあると聞いたことはありますが、まさか惣庄屋の娘を攫ってまで、厳しい取り立てをするとは思えません。何か他に深い事情があるのでは……」

と言うと、恵太郎の方が訝しげに訊いた。

「またぞろ、荻野山中藩が出てきたか……それより、お蝶。おまえは、どうして近藤という家老のことを知っているのだ」

「それは……」

お蝶は真顔になって、恵太郎に向き直った。

「さっき言おうと思ったのですが、実は私は、その近藤様の命令によって、郡奉行の今村左平次とともに、あなたを亡き者にしようとしていたのです」

「ほう。あいつらの仲間だったというわけか……」

傍らで聞いているおみなは、話の内容が分からない様子で小首を傾げていたが、お蝶は素直に恵太郎に謝って、

「でも、私の間違いでした。おそらくお頭の今村様も悔やんでいると思います」

「どうして悔やんでいると……？」

「――今は何とも言えません。でも、今村様は実直な伊賀者です。主君のためになら、疑いも持たず、まっすぐになるのです」

「つまり……？」

「たしかに、近藤様はあなたのことを、主君の仇の子だと名指ししました。でも、そのこと自体が間違っていたのではないか……ずっとあなたに張りついていた私は、そう感

じていたのです。甚兵衛様のことも含めて」

真摯な態度で訴えるお蝶の気持ちを汲むように、恵太郎は小さく頷いた。

「そうか……とにかく、この惣庄屋の娘とやらに身の危険が及んでいる。おまえが家老のことを知っているのならば、これ幸い。事情を聞いて、善処してやらねばならないな」

「あ、そうですね……」

「袖摺り合うも多生の縁……世間てのは、多生の縁が多いものだな。あはは」

恵太郎は軽快に笑うと、おみなを惣庄屋の元に連れていってやろうと言い出した。また今のならず者たちが襲ってくるかもしれないからだ。恐縮するおみなに、

「遠慮には及ばぬ。どうせあてのない旅だ」

と恵太郎は微笑みかけた。いつものお節介虫が騒いだだけだが、お蝶は何故か不安な表情になっていた。

六

江戸より十五里余りに位置する平塚宿を過ぎ、河口付近は馬入川と称される相模川の右岸を、大山道の方へ向かって登った。

文人墨客に愛されただけあって、厚木は相模平野の真ん中辺りにあり、山や川に恵まれた温暖な所であった。平安の世には、都から相模国府に通じる道があり、愛甲には郡司の護衛所が置かれていた。

名だたる豪族もおり、源頼朝に仕えた愛甲三郎季隆ら、武芸に秀でた〝愛甲武士〟がよく知られているが、荻野家、本間家、大江家なども頼朝に重用されていた。北条氏の治世以降も、この一帯を支配してきた毛利、愛甲、四宮、石田などの一族とともに郷庄名が残っている。

さらに、飯山金剛寺や船子観音寺、戸田延命寺など、曹洞宗や真言宗などの古刹もある土地柄である。

目指す荻野山中藩は古より代々、豪族の荻野家が所領していた国であり、天明年間に大久保家が入ってからの陣屋は、周囲の田畑より高い台地にあった。街道を歩いてくると、まるで半島のように突き出た山の上に、戦国時代の砦のような一角が見えてきた。雑木林や竹林に囲まれた櫓はあるが、やはり城とは違って、一万三千石に相応しい武家屋敷に過ぎなかった。

「あそこから、逃げ出してきたというのか、おまえは……」

恵太郎が訊くと、陣屋を見上げていたおみなの顔つきが険しくなった。

「ご覧のとおり、さほど豊かな所ではありません。村々は年貢を納めるために身を粉にして働き詰めです。なのに家老の近藤左近将監は、私腹を肥やすことばかり。領民は塗炭の苦しみに喘いでおります」

「そんな話は、聞いたことがないわ」

反論するように、お蝶は言った。

「近藤様のご先祖は、その昔、この地を治めていた古庄近藤太という立派な方です。その子は大友能直という武将で、源頼朝に仕えて、左近将監に任じられたほどの御仁。御家老はその一族の末裔なのです」

「そんなの関わりありません……」

「しかも、大友能直という武将は、曽我兄弟が頼朝に仇討ちしようとしたときに、その身を挺して頼朝を守った武将なのですよ」

お蝶が弁舌鮮やかに語ると、恵太郎はニヤリと笑いながら近づいて、

「おいおい。おまえは昨日、曽我兄弟のことなど知らぬと言ったではないか」

「そうでしたっけ」

ペロッと舌を出して、お蝶は誤魔化したが、恵太郎はさほど気にするふうもなく、

「まだ俺に嘘をついていることがあるのか、お蝶……だが、まあいい。おまえの主君とやらが、おみなの言うとおり、あくどい奴か、先祖のような立派な家老か、篤と確かめようではないか。なあ」

と、おみなの話に同情している様子だった。

「本当のことです」

おみなは真剣に訴えた。

「陣屋には大きな蔵があります。そこには、飢饉に備えて米を蓄えてあるはずです。ところが、米俵は数えるほどしかなく、ほとんどは宿場などの米屋に、密かに流していたとのことです」

「家老がそんなことを……」

「米だけではありません。村人たちは蚕を育てて絹の織物を作って、暮らしの足しにしております。他にも竹細工やら草鞋なども懸命に編んでおりますが、すべて家老に取り上げられてしまいます」

「取り上げる。なぜだ」

「年貢の不足分を払わせるためです。結局、私たちは只働き。絹織物や細工物の売り上げもすべて……」

「家老がガッポリか。それはいかんな」

「ですから、私の父は惣庄屋として、まずは郡奉行の今村左平次様に訴え出ました」

「今村……あいつか……」

恵太郎は呟いたが、おみなは続けて、

「ところが、今村様はまったく取り合って下さいませんでした。ですから、父は家老の近藤様に直談判（じかだんぱん）したのですが、それが御定法に触れるとかで、捕まってしまいました。そして、陣屋の牢（ろう）に閉じこめられてしまったのです」

「なんと……！」

「ですから、私が村の若い衆らとともに、恐れ多いこととは思いましたが、陣屋に乗り込んで、父を助けようとしたのです。でも、若い衆のひとりが役人に斬り殺され、私までもが……」

「殺された、だと！　で、父親は大丈夫だったのか」

「命は……ですが、何日もろくに水も与えてくれなかったのでしょう。憔悴（しょうすい）しきって朦朧（もうろう）としており、私だということもよく分かっていないようでした」

「聞けば聞くほど酷い話だな」

　恵太郎は、黙って聞いているお蝶を振り向いて、

「どう思う。今村は俺のことを仇と言っていたが、それとて近藤に命じられたことならば、嘘八百かもしれぬぞ」

「――では、恵太郎さんは何故、近藤様に狙われていると思いますか」

「分からぬ。分からぬことは、当人に訊くのが一番だ」

「では、私がまず……」

お蝶は自分が近藤に会って、本当におみなを攫って酷い目に遭わせたのか探るという。しかし、それでは真実は分かるまい。自分が率先して陣屋に乗り込むと、恵太郎は言い出した。

「だめですよ、恵太郎さん……あなたは仮にも近藤様から狙われている身です。飛んで火に入る夏の虫になりかねないから」

「その勘違いも伝えたいと思ってな」

「何を暢気な……」

「おみなの話を聞いて素知らぬ顔をしているのも、性分に合わぬ。おまえの手を借りずとも、俺はひとりでもやるよ」

「それは、余計なお節介というものです。あなたに何の関わりが……」

「あるよ。このおみなと袖摺り合った」

恵太郎は微笑むと、陣屋に向かう緩やかな坂道をズンズンと歩き始めた。後を追いかけるお蝶は、仕方がないという顔で、

「分かった、分かったから……私が何とかする。でも、その前に、寝間着では怪しまれるから、きちんとしましょう。そして、おみなさん……あなたのお父つぁんのことも助け出すから、その身を安全な所に……」

と言いかけたとき、陣屋の方から羽織袴の藩役人と捕方や中間たちが十数人、走っ

てくるのが見えた。

瞬時にまずいと思い、お蝶はふたりを逃がそうとしたが、背後からも十数人の役人たちが、六尺棒や袖搦などを抱えて近づいてきていた。前後から挟まれた三人は、あっという間に取り囲まれた。

「私だよ。お蝶だ。怪しい者ではない」

お蝶は郡奉行・今村の手の者だと名乗ったが、役人たちは逆らえば斬るというような強硬な態度で、

「その今村様が、おまえたちを捕らえろと命じているのだ。言いたいことがあれば、陣屋に来てから申すのだな」

と迫ってきた。

「渡りに船ではないか。お蝶……ここは大人しく従った方がよさそうだな」

余裕があるのか鈍いのか、恵太郎は相変わらず我が身の危難など何処吹く風とばかりに、藩役人たちに従った。おみなだけでも逃がしてやりたかったが、

――まあ、なんとかなるだろう。

と恵太郎は大人しく連行されるのであった。

水田より少し高いだけなのに、眼下の領内の様子がよく分かる。相模川がゆったり流れていて、豊かな平野と神なる山に囲まれ、風光明媚でなかなか良いところだなと恵太

郎は感じていた。

陣屋のある高台は、五千坪くらいであろうか。殿様が暮らす所としては、さほど広くはないが、御殿の周りには家臣の長屋が並んでおり、馬術の稽古場や道場、矢場などが整然としてある。小さな稲荷神社の脇には、こんこんと湧水が溢れている池があり、そこから引いた井戸や石蔵などもきちんと設えられていた。

表玄関の前には石畳と白い砂利が敷き詰められており、そこで今村が待っていた。その顔は憎々しげに歪んでおり、恵太郎よりもお蝶のことを鋭く睨みつけていた。

「裏切ったな、お蝶……」

開口一番、今村が吐きかけた言葉に、お蝶は言い訳をしようとしたが、口答えは一切許さぬとばかりに前に踏み出て、

「何故、古鷹恵太郎を助けたのだ」

「えっ……」

お蝶は訝しげに見やったが、小田原城下の旅籠から助け出したことだと気づいた。

「もしかして、今村様は、服部様のご家来とも通じておりましたか」

「……………」

「でないと、そのことは知らないはず」

「余計な詮索はするな。おまえは、我々が討つべき仇を助けた。それだけで充分、裏切

り者だ。覚悟はできておるな」

　冷徹に睨んだまま、今村は手下に命じて、お蝶を牢部屋に閉じこめようとしたが、恵太郎が納得できないと声を発した。

「郡奉行とやら。そもそも、何故、俺が狙われねばならぬのだ」

「黙れ……」

「きちんと説明をしてくれぬか。いや、親父がどうのこうのというのは聞いたが、俺はまったく知らぬことだし、荻野山中藩の家老を狙うつもりなど、さらさらない」

「禍根は残してはならぬ。それが近藤様の思いだ」

「そう一方的に言われてもな……」

　恵太郎は困惑気味に頬を歪めながら、頭をガリガリと掻いた。その態度が人を馬鹿にしているように見えたのか、今村は苛ついて恵太郎も牢部屋に閉じこめろと、部下に命じた。

「この藩では、罪のない者を閉じこめたり、殺したりするのか。直に、ご家老に話してみたいが、取り次いでくれぬか」

「ふざけるな。山猿の分際で、ご家老に会いたいなどと……」

「その山猿を殺したい理由を尋ねたい。それに、このおみなの父親は惣庄屋らしいが、何故、捕らえられておるのだ」

「黙れ。これ以上、つべこべ言うと承知せぬぞ」

「おやおや。そっちこそ無茶ばかり……」

と恵太郎が言いかけたとき、奥から黒紋付を着た恰幅(かっぷく)の良い侍が出てきた。家老の近藤左近将監である。

年の頃は五十を超えたというところだが、濃い眉にぎらついた目つき、太い鼻などはいかにも権勢欲に取り憑(つ)かれた顔つきだった。おみなから、村人の米や織物を売り飛ばして搾取していると聞いていたから、余計に虫酸(むしず)が走る面構えに見えた。

「――ほう……おぬしが、古鷹恵太郎か」

近藤はジロリと恵太郎を見ながら、

「憎き古鷹平八郎によう似ておる。飄然としているが、その人を食った顔は見ているだけでも、はらわたが煮えくり返るわい」

「そんなことを言われたのは初めてだ。お人好(ひとよ)しに見えるとはよく聞くけどな」

「ふざけるな……」

「本当のことだ。それより、父上のことを知っているのなら、どのような人間だったか話して下さらぬか。爺っ様は、古鷹家は三河徳川家譜代の出で由緒ある家柄だが、訳あって浪々の身だとしか話してくれなんだ」

「その訳を言えぬということであろう」

近藤は、鼻白んだ顔でさらに恵太郎を睨みつけ、

「言えるわけがない。仮にも主君を死に追いやった平八郎だ。甚兵衛とて我が子を謀反人とは話せなかったのであろう」

「その子細を知りたい。もし、それが事実で、俺にも罪があるというなら、遠慮なく、この首を刎ねて貰って結構」

思いがけぬ言葉に、傍らで見ていたお蝶の方が驚いて、今村に縋るように言った。

「お頭……同じ伊賀者……いえ、あなたもかつては私の父の下で修業した者として、私のことも信じて下さいませぬか」

「何をじゃ」

今村は忌々しげに、お蝶を見下ろしている。

「この若者は、たしかに古鷹平八郎の子、恵太郎であることに間違いはありません。ですが、事情を知らないまま育ったのは事実でございましょう」

「黙れ……」

「いいえ。この際ハッキリさせた方が、ご家老様のためにも宜しかろうと思います」

「どういう意味だ」

「私の調べでは、小田原の大久保本家はもとより、家老たちも近藤様のことを怪しんでおります。唯一、服部外記様を除いては」

「何をだ」

「自らが、荻野山中藩藩主の座を狙っているのではないかと」

「言うな、お蝶。それ以上言うと、命を取らねばならぬぞ」

険しい声で脅す今村だが、お蝶はよほどの覚悟ができているのか、跪いたまま上目遣いで話を続けた。

「古鷹家は、代々、荻野山中藩の家老職を担った御家柄ではありますが、小田原藩初代の大久保忠世の庶流でありますから、藩主に万が一の場合は、古鷹家から殿様を出すことが藩法であります」

「…………」

「そのお立場ゆえ、大久保備前守様が鷹狩りの折、不慮の死を遂げたとき、家老だった古鷹平八郎様が疑われました。自分が藩主になるために、殿を亡き者にしたと」

「そのとおりだ。何を今更……」

「殿様が落馬したのは事実でございましょう。しかし、そこにまっ先に駆けつけて殺したのは、近藤様……あなたの手の者でございます。これ幸いと、古鷹平八郎様のせいに見せかけて、殿の仇討ちに仕立て上げ……そして、見事、討ち果たした」

「黙れ、お蝶ッ」

「ですが、その後、恵太郎さんが甚兵衛様とともに逃亡したため、仕返しを恐れて、此度、恵太郎さんまで亡き者にしようとした……ですが、甚兵衛様は禍根を断とうと思い、恵太郎さんには黙っていたのです」

「おのれ……」

「ですから、大久保備前守様が亡くなった後を継ぐのは、本来ならば、この恵太郎さんなのですよ。もっとも、小田原本家の許しは要りますが、他の誰でもありませぬ。そして、近藤様は家老になる立場でもなかった」

近藤も黙って聞いていたが、俄に怒り心頭に発して、

「下らぬことをグダグダと……構わぬ。こやつら三人、牢部屋に閉じこめておけ。明日は領民の前で、晒し首にしてやる」

と怒鳴り声を上げた。

藩役人たちが一斉に摑みかかると、お蝶は抗おうとしたが、恵太郎は首を横に振って、今は相手に従えと目顔で告げた。

その夜――。

牢部屋に閉じこめられていた恵太郎は、腕枕で横になっていた。

片隅では、お蝶とおみなが壁に寄りかかって座っている。だが、ふたりの目は爛々と輝いていた。

「恵太郎さん……本当に眠っちゃったのかい」

お蝶が声をかけたが、軽い鼾が返ってくるだけであった。

「肝が据わってるのか、馬鹿なのか分からない人だよ、まったく……さてと、これから、どうする、おみなさん」

「えっ……」

「あんた、ただの惣庄屋の娘じゃないだろ」

探るように訊いたお蝶に、おみなの目がわずかに泳いだが、

「いえ、本当に娘ですよ。私は、この陣屋に囚われている父を助けたいだけです」

と答えた。お蝶は何か言いかけたが、

「ま、いいや……とにかく、助けましょう。なに、そこで寝てる人は、きっと自分でなんとかするよ」

苦笑しながら、牢部屋の格子扉に近づいた。お蝶は見張りがいないのを確認してから、掛かっている錠前の穴に簪(かんざし)を伸ばし入れて、器用に動かした。すぐにガチャッと外れる音がした。

足音を立てず外廊下に出たお蝶とおみなは、裏手にある石蔵の方に向かった。その中に、惣庄屋の仁左衛門が閉じこめられているというのだ。

つい先刻まで、陣屋の表門には篝火(かがりび)が焚(た)かれていたが、それも消えて、星空が綺麗に輝いている。間もなく春というのに冷たい風が、山から吹いてきた。その冷気に押され

るかのように、石蔵の前に来ると、人の気配があった。

お蝶が足を止めると、石蔵の周りに数人の黒覆面に黒装束が現れた。

「――だ、誰……」

おみなは不安げに呟いたが、お蝶には分かっていた。忍びの仲間である。

「影丸だね」

「はい、お蝶様。やはりお頭ともあろう御方が……。近藤に籠絡されている節があります」

「その話は後だ。で、どうする」

「お任せ下さい。惣庄屋を救い出し、例のことも……ですから、お蝶様は、おみなを連れて一刻も早く逃げなされ」

「うむ。では、恵太郎さんのことも頼んだぞ。分かっておるな」

「承知しています。この一件を調べることで、組頭……お蝶様の父上と母上の死の真相も明らかになるかと……」

影丸がしかと頷くと、他の者たちとともにひらりと軽やかに石蔵の裏手の方に廻っていった。そして、高い所にある明かり窓に鉤縄をかけて、するすると猿のように登っていくのだった。

驚いて見ているおみなの手を摑み、お蝶は「さあ、こちらへ」と勝手知ったる陣屋の敷地内を移動し、暗闇の中に姿を消した。

翌朝——。

牢の鍵が開いていることに気づいた番人が飛び込んで来て、まだ寝ている恵太郎を蹴り起こした。

「貴様ッ。女たちはどうした」

恵太郎は立ち上がって、気持ち良さそうに伸びをした。

「ああ、よく寝た……旅をするのも楽じゃないな。もう箱根山が恋しくなった」

「惚けるな。どうでも、近藤様に楯突くつもりだな。さあ、来い」

いきなり番人が腕を摑もうしたが、軽く投げ飛ばされて壁にぶつかって気を失った。他にも二、三人、六尺棒で躍りかかってきたが、いずれも一瞬にして倒され呻いていた。

牢部屋から前庭に出ると、近藤が立っており、その傍らには槍や鉄砲を構えた家臣たちが居並んでいた。

「これは、なんとも大袈裟な……」

呆れ返ったように立ち尽くした恵太郎は、苦々しい思いで見廻していた。

「おまえたちは、そんなに俺のことが嫌いなのか……人のことを信じることができないのか……話し合おうという気もないのか」

「黙れ。おまえの魂胆は分かっておる。この荻野山中藩に来たのは、たまさかのことではあるまい。狙いはただひとつ……この儂の首であろうが。のう、恵太郎」

「――思い込みが激しいな。どう育ったら、そんな人間になるのだ」

「何とでも言え。命乞いをしても無駄だ」

近藤はニヤリとほくそ笑んで一歩下がるや、

「構わぬ。こやつを村の刑場に引き連れていき、領民の前で処刑せよ」

と命じた。

そのとき、今村が血相を変えて駆けつけてきた。

「何事だ」

「く、蔵が……石蔵が破られて、千両箱がすべて消えております。惣庄屋の姿もありません……こ、これは一体……！」

「なんだと!?」

狼狽する近藤の姿を見て、恵太郎はアハハと大笑いした。

「貴様……何をしたッ」

「いや、知らん。俺は牢部屋で寝ていただけだ。もしかして、お蝶たちかもしれんな。アハハ、そうに違いない。なに、あいつら牢に入ったとたん、家老が溜め込んだ金を領民に返してやるとか、大きな口を叩いてたが……なるほど、本当にやってしまったのか。アハハ、これは愉快だ」

実に可笑しそうに笑う恵太郎を、近藤と今村は憎々しげに睨みつけた。だが、恵太郎の方は、目の前の鉄砲隊や弓隊に怯(おび)えることもなく、大笑いするだけだった。

恵太郎の爆笑は、朝日が広がる空に轟(とどろ)いていた。

第二話

大山詣り

一

大山の方には雨雲が広がっている。富士のような美しい山ゆえ、古くから〝石尊大権現〟として、庶民の信仰を集めていた。また、別名〝雨降山〟とも呼ばれ、阿夫利神社は雨乞いの神として、近在の農民たちに崇められていた。

鎌倉幕府や室町幕府から、山岳信仰の地として庇護を受けていた大山では、大山寺を中心に近衛摂関家と繋がりのある山伏が修行をしていた。下って戦国時代には、小田原の北条氏の支配下に入っていたこともあるが、〝国を持たぬ大名〟と恐れられた岩馬一族が潜んでいた。村々を襲っては物品や金を悉く奪い取る、つまりは盗賊である。

ゆえに、天正年間に徳川家康や豊臣秀吉が小田原攻めをした折には、大山の山伏たちに混じって、岩馬一族も激しい戦いを繰り広げていたと言われている。戦乱に乗じて盗みを働いていたのであろう。

だが、江戸幕府が開かれてから、家康は大山寺に対し真言宗のみを認めた上で、大山を支配した。三代将軍家光は、後にいう〝寛永の大修理〟を行った。そして、山伏らには麓で、参拝案内役の御師として暮らさせ、宿坊や土産物屋などを営ませた。そのため、大きな門前町ができあがり、宝暦年間頃からは、庶民による大山詣りが盛んになり、江戸からも大勢の人々が物見遊山がてら訪れるようになっていた。その数は年間に二十万人以上といわれている。

その大山道からは離れているから、旅人はほとんどいないが、河原に設けられている刑場の竹矢来の外には、農民たちが野次馬として集まっていた。

大山は雨なのであろう。下流の川は水嵩が増し、滔々と流れている。水際の石垣を乗り越えて、刑場まで溢れてきそうである。

刑場の真ん中の磔柱には、白装束で両腕両足を縛られた恵太郎の姿があった。

その両側には、槍を掲げた役人がふたり立っており、陣幕の前の床机に座っている近藤が命じれば、いつでも両脇腹を突き刺す準備が整っていた。傍らには、今村も神妙な面持ちで立っている。竹矢来の内外には、数十人の藩役人が取り囲んでおり、物々しい雰囲気が漂っていた。

「こやつは恐れ多くも、陣屋の石蔵に押し入り、領民の備蓄米や藩の金を盗み出した盗賊の頭領だ。よく見るがよい。このふてぶてしい、神をも恐れぬ面を」

近藤は持っている笞で、磔柱に縛り付けられている恵太郎を指した。

だが、野次馬となって集まった村人たちの多くは、恵太郎の穏やかな顔を見て、凶悪な盗賊どころか、何の罪もない人間だろうと思っているようだった。この十余年、近藤が家老として苛斂誅求を行ってきたことは、村人たちが一番よく知っているからだ。

惣庄屋の仁左衛門が捕らえられ、悲惨な状況であろうことも、誰もが知っていた。それゆえ、若者が盗賊の頭領だというのも出鱈目だろうと察していた。そんな領民たちの視線を感じたのか、近藤は声を荒らげた。

「なんだ、その疑わしい目は……こやつは仁左衛門とその娘、おみなともグルで、昨夜、牢抜けをした挙げ句、手下に盗みをさせた極悪人だ。よく聞け、皆の者！」

さらに近藤は強い口調になって、

「仁左衛門は牢から逃げ出し、屋敷にも帰っておらず姿を消した。おみなも盗賊一味と逃げたままだ。もし匿っている者がいるとしたら、そやつらも同罪だ。この男のように処刑するから、そう心得よ」

と言うと、静かに聞いていた野次馬たちはざわつき始めた。だが、ハッキリと口に出して文句を言う者はいない。近藤が冷徹な為政者であることを知っているからだ。

「その代わり、仁左衛門とおみなの居場所を探し出し、陣屋に届け出てくる者には、たんまり褒美を遣わす……この野次馬の中に、仲間がいれば名乗り出よ。さすれば、この男の処刑を一旦、止めてもよい」

村人たちは周辺を見廻したが、仲間らしき者はいなかった。ほとんどが顔見知りなのであろう。もちろん名乗り出る者はいない。

「そうか……ならば、やむを得ぬ。こやつを見せしめに殺し、さらに逃げた輩を草の根を分けてでも捜し出して処刑する」

近藤はそう断ずると、槍を構えている役人に向かって、「構え」と命じた。役人ふたりは穂先を恵太郎に向けた。

それでも、今にも磔にされそうな恵太郎は、手足をもぞもぞとさせてはいるものの、淡々と成り行きを見ている。

「こうして、わずか三尺ほど高い所に上げられただけなのに、結構、見晴らしがよいものだなあ。季候もよいし、なかなか豊かな所だ。川沿いの桜並木は、満開になれば、さぞや綺麗だろうな」

暢気そうに恵太郎が感嘆すると、近藤は鼻で笑って、

「石川五右衛門よろしく風流を気取っているのか。辞世の句を詠むくらいの時はやる。一句、捻ってみせい」

「そうだな……散る桜、残る桜も散る桜……爺っ様がよく言っていた」

「ふん。良寛の辞世の句ではないか」

「へえ。そうだったのか……命が燃え尽きようとしている今、もし長らえたとしても、いずれ散りゆく命……別に惜しくはない」

「ほう。若い癖に達観しておるのだな」

「まさか。爺っ様が、生きている者は必ず死ぬ、そういう運命だから、悔いのないように生きろと教えてくれた。だから、俺は山を下りて、ひとり旅に出たのだ」

「無念だろうが、今日がおまえの命日だ……無駄な足掻きだったな」

恵太郎を見上げていた近藤の目が、険悪に歪んで、「やれ」と役人に命じたとき、

「待たれい」

と声があって、羽織袴姿の侍が百姓衆たちを割って現れた。竹矢来の外に立ったその侍は、稲垣三郎左衛門だった。

その顔を見て、今村は腰を上げた。

「あっ。あいつは……」

「知っておるのか」

近藤が訊き返すと、腰の刀に手をあてがいながら、

「奴が公儀隠密です。追ったのですが、見失ってしまい……一緒にいたはずの松波四十郎と名乗った奴は……」

と竹矢来の外を見廻したが、姿を認めることはできなかった。

稲垣は押しやろうとする藩役人を突き放して、

「公儀大目付・越智伊予守が家臣、稲垣三郎左衛門である。この処刑、疑義があるゆえ、

しばし待たれよ」

と詰め寄ろうとしたが、刑場内の近藤はゆっくりと近づきながら、

「大目付の家臣だと……証はあるのか」

「これを見よ」

天下御免の道中手形を差し出したが、近藤はチラリと見ただけで、

「偽物の公儀役人は幾らでもおる。事実、藩内でも何度か捕らえた。そやつらは皆、ただの浪人かこそ泥の類だった」

と歯牙にも掛けぬ顔で、立ち去れとばかりに手を振った。

大目付といえば三千石以上の大身の旗本から専任され、大名を監視する役職ゆえ、守名乗りも許されていた。一国の家老に過ぎぬ立場の者が逆らえる相手ではない。だが、偽物と決めつけた上に、

「もしかして、この盗賊の仲間ではないのか。だから、助け出したい。そうだな」

そう続けて、乱暴にも配下の者に捕らえろと命じた。六尺棒を打ちつける役人たちを、稲垣は怪我をしている体ながら鋭く素手で打ち返して、

「近藤左近将監。これ以上、狼藉を働くと、容赦せぬぞ」

「ほう。どう容赦せぬのだ」

「たとえ相手が大名の家臣であっても、斬り捨て御免が許されているのだ」

「ふん。大名家は大名家の御定法によって罪人を裁く。公儀の出る幕はないはずだが」

「無謀を見逃すことができぬときは、その限りではない。しかも、おまえは藩主ではなく、家老に過ぎぬ。いや、家老にすらなれる立場ではなかったはず」

稲垣がすべてを見透かしたように言うと、近藤の表情が強張った。

「左近将監などと分に添わぬ官位を標榜しておるが、藩主にでもなったつもりか」

「なんだと……」

「服部外記がおまえの後ろ盾だということも、こっちは調べ出しておる。服部は小田原藩の家老のひとりに過ぎぬ。したがって支藩とはいえ、藩主を決めることはできぬ。このことは、しかと大目付の越智様に伝える」

毅然と述べた稲垣だが、近藤はまったく聞く耳を持たぬ顔つきだった。むしろ嫌悪感を露わにして、相手が誰であろうと、自分の領内で起こったことは、すべて封じ込めるという気迫さえ見えた。

「こやつも盗賊の仲間だ。構わぬ、引っ捕らえて、一緒に処刑せいッ」

常軌を逸したように近藤は叫んだが、役人たちは一瞬、怯んだ。大目付の使者であるならば、やはりまずいと判断したのであろう。だが、家老の命令は絶対である。

「何をしておる。さっさと捕らえろ。磔の刑もすぐに行え！　今すぐにだ！」

空に轟くほど近藤が叫ぶと、今村も抜刀して身構えた。槍を持っていた役人は、恵太郎の下にさらに近づくと、「リャリャ！」と声を合わせて槍を突き上げた。

次の瞬間、恵太郎はスルリと地面に飛び降りた。同時に、役人を蹴散らして、槍を奪い取ると、駈け寄ってくる他の役人たちの足を薙ぎ払いながら、今村の刀を叩き落とし、シュッと髷を切り落とした。

わずか二拍か三拍の間の素早い出来事に、野次馬たちも声も出せず、目を丸くするだけだった。

「――なんだッ……！」

近藤は狼狽して抜刀しようとしたが、所詮はなまくら剣法である。恵太郎の打ちつけた槍の柄で鎖骨を打たれ、情けない悲鳴を上げながら、その場に倒れた。

そのとき、初めて、野次馬たちから「おお！」という喝采のような声が起こった。村人たちはまるで一揆でも起こしたかのように、竹矢来に押しかけてきて、激しく揺すり、その勢いで役人たちを蹴散らして刑場の中まで雪崩れ込んできた。

恵太郎と稲垣は止めようとしたが、家老への積年の恨みが溜まっていたのか、地面に引きずり倒して殴る蹴るを始めた。怒濤のような人の波を鎮めることはできなかった。

恵太郎は懸命に、

「殺すなよ。どんな悪党でも殺してしまえば、人殺しだ。程々にしておけよ。山の中の獣同士でも、いたぶりはするが殺すまではやらぬぞ。よいな皆の衆」

と声をかけたが、騒ぎは収まりそうになかった。

そんな様子を——離れた木陰から、松波四十郎が懐手の姿で、なんだか頼もしそうな目で眺めていた。

「残念……また旦那の出番がなかったね」

さらに、すぐ近くの樹林の中から、お蝶が声をかけた。すぐに振り返った松波だが、お蝶の姿はもう消えていた。

二

相模川沿いの船番所に隣接した瓦屋根の武家屋敷に、恵太郎は案内された。ここには、その昔、郡司の護衛所があったとかで、今は幕府の大目付や巡検視らが立ち寄る本陣として使われている。

豊かに流れる川面(かわも)を眺めながら、恵太郎は、稲垣に差し出された着物に着替えていた。うっすらと浮かんだ無精髭を剃(そ)り、総髪ながら髷を結った。当たり前の格好になると、元々整った顔だちゆえ、清楚(せいそ)でありながら凜々(りり)しい若侍に見えた。

「やだあ……別人になったみたい」

隣室から女の声がかかった。振り向くと、そこには、お蝶が座っている。

「なんだ。おまえもここに来ていたのか」

「ええ。昨日の夜中から」

「やはり、陣屋から金品を盗み出したのは、おまえたちなのだな」

「盗んだなんて人聞きの悪い……返して貰っただけです。すでに惣庄屋さんとおみなさんが、村々に分けております」

毅然と言ってのけるお蝶を見て、恵太郎は相槌を打って笑いかけ、

「ということは、俺が処刑されそうになったところも、見物しておったのか。それはあんまりではないか」

と責めるように言った。

「もちろん、殺されそうになれば助けに乗り込むつもりでした。でも、恵太郎さん、磔柱に縛られていても、縄を緩めていたじゃありませんか……ですよね」

「知っておったのか」

「縄抜けは〝くの一〟の十八番ですから」

「なるほど。実はな、俺もガキの頃は、悪さをしては、爺っ様に木に縛られてた。でもな、縛られるときに体に力を入れて膨らませたり、腕の力こぶなどを作って縛られるとな、体を緩めて縄から抜けられる。何度も縛られているうちに体が覚えたのだ」

「へえ、それは驚きだ……武術が人並み外れてるのも、爺っ様に稽古で叩き込まれた

賜なんでしょうねえ」

「それもあるが、熊や猪、山犬などと戦ったことの方が役に立っているかな、ははは」

本当か法螺か分からない物言いの恵太郎を、お蝶は呆れながらも、愉快そうに見ていたが、ふいにその目が真剣になって、稲垣に深々と頭を下げた。

「この度は色々なご配慮、ありがとうございます」

「いや、さすがに近藤の無法ぶりには驚いた。公儀としても見逃すわけには参らぬ。されど、後ろ盾が服部外記となれば、もっと大きな陰謀や策略があるやもしれぬ」

「服部外記のことなら、私めも当藩に関わる者として、以前より探索しておりました」

「そうなのか」

「はい。殊に、大久保忠真公が亡き後は、怪しげな動きがありましたので……お孫様の忠愨様の後見人として藩政を牛耳ろうとしているのは、稲垣様も調べたとおり。ですから、忠真公が重用していた二宮尊徳さんを追いやったのも、自分にとって不都合な家臣を排除したいがためです」

「そのようだな。小田原藩は相模国の大藩であり、東海道の要であるから、公儀としてはなんとしても、まっとうな政事に戻して貰いたい。それにしても……」

稲垣は不思議そうな目になって、改めてお蝶を見つめて、

「お蝶とやら、そなたは何故、近藤や今村を裏切ってまで、その恵太郎さんを助けたり、

村人のために働いたりしているのだ」

と訊いた。

「私も初めは、お頭……今村様に命じられるまま動いておりました。でも、恵太郎さんを見張っているうちに、ちょっと違うと感じ始め、近藤様を疑ったのです」

「なるほど。それでも上役に逆らうのは難しいと思うがな」

「自分なりに調べていたのです。今村様は実直な伊賀者なので、悪いことをしているつもりは毛頭なかったのかもしれない。ですから、間違いの証を探そうとしていたら……」

「服部に突き当たった……」

「そのとおりです。近藤様の後ろ盾は服部様で、服部様が近藤様を藩主に据えようとしていたのです」

お蝶はそう断じた。それでも、稲垣はまだ疑念が残っているようだった。

「それにしても、何故、服部は近藤を、この荻野山中藩のような小藩の藩主に据えたいのか……たしかに江戸や武蔵国へ繋がる街道の要だし、河川を往来する荷船の集まる所ではあるが、それだけとは思えぬのだ」

「というと……」

「まだハッキリとは分からぬが、よほどの旨味(うまみ)があるのだろう……たとえば隠し金山か銀山が、あの大山にあるとか……」

相模川の上流に目をやると、まだ雨雲が広がっている富士に似た山が聳えて見えた。

「かつて、あの山には、国を持たぬ大名と恐れられた岩馬一族がいて、北条氏らも手を拱（こまぬ）いていたとのことだが、その末裔がまだこの地にいて、何やら悪事を働いていると風の噂（うわさ）に聞いたことがある」

真顔で言う稲垣に、お蝶は困ったような笑みを洩らして、

「まさか……そんな一族がいるなら、小田原城下はもとより相模の国々を支配したかもしれませんね」

「いや。国を持たぬから恐いのだ。為政者というのは、やり方の善（よ）し悪（あ）しはあるとしても、領民を守るために働く。だが、岩馬一族は騎馬軍団で現れ、田畑の作物から金目の物を根こそぎ奪い、風のように去っていく。まさにカマイタチのように」

「そのような一族がまだいるとでも？」

「うむ……実は、そのことを調べるのも、此度の使命のひとつだったのだ」

「へえ。大目付様の家来って、命がけで大変なんですねえ」

お蝶は思いがけぬ話に驚いていた。稲垣の方もしだいに熱がこもってきたのか、頬が赤くなるほど真剣に語り続けた。

「その昔、この一帯には、源頼朝に仕えていた愛甲武士がいた。武蔵七党のひとつ、横（よこ）山（やま）党の一派だ。荻野氏が出たのもこの地なのだ。もっとも、この地を治めていた荻野俊（とし）

重という武将は源氏でなく、平家の方に属しており、石橋山の戦いで頼朝を窮地に追い込んだのだ。それがために、後に処刑された」

石橋山とは足柄郡に属する山で、今の小田原藩領内にある。

「荻野俊重の支配地は、同じ一族の荻野景員、景継兄弟に譲られた……この兄弟は、かの名将、梶原景時の次男、景高の子、つまり孫に当たる。同じく景時の長男、景季の子、景俊とともに、長らくこの地を支配しておるゆえ、荻野山中藩の名の由来もその氏族によるものだ」

稲垣が述べると、お蝶は当然知っているというふうに頷いて、

「梶原景時……は、その石橋山の戦いのときは、平家方ながら、洞窟に隠れていた頼朝を救ったことから鎌倉幕府の御家人として重んじられ、幕府の侍所所司にまで登り詰めた人ですよね」

「そのとおり。しかし、頼朝の死後は、他の御家人衆からの景時に対する風当たりが強くなった。ありがちなことだが、景時も先代の威光を笠に着て、権力を行使したから疎んじられたのだろう」

「…………」

「二代目の頼家は、北条政子の子ではあるが、まだ十八歳。景時の言いなりだったに違いない。だから、他の重臣たちは面白くなく、景時は追放されてしまった」

「でも、それは北条氏の謀略だった……景時がいなくなってから、頼家は暗殺されて、まだ十二歳の弟、実朝を将軍として、政子の父、北条時政が実権を握ったのですからね……武士として権力を握るためなら、子や孫の命とも引き換えにするのだから、恐ろしいことです」

「同じようなことが、小田原藩で起こっているのではないか……それを幕閣一同は案じている。服部外記が藩の実権を握ろうとしているのは確かなのだ」

「——はい……」

「近藤を藩主に据えるつもりは、さらさらないのではないか。恐らく家老としたままで、服部がこの藩を小田原藩に取り込むつもりかもしれぬ」

「私もそう感じております」

「では、なぜ服部がこの地を欲しているのか。奴しか知らぬ旨味が眠っているのであろうか……やはり、大山が気になる」

雨雲に煙って山容が見えなくなったが、稲垣はじっと眺めていた。

「だから、なんもない……と言ってるだろうが」

唐突に、恵太郎は言った。ふたりの話を聞いている素振りすらなかったが、大山に限らず、この関東周辺や伊豆にはめぼしい金山や銀山はないことを話した。概ね東国には金山が、西国には銀山が多い。銅山は諸国に点在しているものの、大規模なのは足尾と別子くらいだ。

「では、服部がこの地に拘るのは何故だと思いますか、恵太郎さんは」

「大山が狙いというのは的外れじゃないだろうな」

さりげなく答える恵太郎に、稲垣の方が身を乗り出すように訊き返した。

「参拝客の賑わいから得る富など、たかが知れていると思うが」

「金山や銀山の話は的外れじゃないと言ったのだ。大山は古来、修験道の聖地だ。諸国から山伏が集まる。山伏というのは、修験者ではあるが、諸藩の密偵の役割もあるし、山の民同士を繋いでおるし、なにより〝山師〟として暮らしている者が多い」

山師とは鉱山の露頭を探し出して、それを委託した商人から褒美を受ける者である。後に、〝鉱山経営者〟を指す意味にもなるが、「山っ気」があるという言葉もあるように、露頭を見つけるのは賭け事みたいなものである。

それを比較的、確実な話として聞けるのが、大山だと、恵太郎は言うのだ。

「山歩きは大変だというだろう。たしかに大変だよ。箱根の山奥に住んでいた俺は、毎日、足下の悪い中で登り下りしたから、よく分かってるよ。でもな……」

恵太郎も大山の方を見上げながら、

「山々を巡るというのは、案外、里の者が思っているほど難しくはないのだ。尾根沿いには人が踏み込んでいない所でも、道のようなものができていて、渡り歩くことができる。もちろん切り立っていて危ない所も沢山あるが、樹木が茂ってばかりの山肌を歩くよりも、すいすい歩ける」

「では、恵太郎殿も歩いたことが……？」

「もちろん。箱根の山は相模から駿河、甲州へと続いているからな。ひょひょいのひょいって訳にはいかぬが、楽しいもんだぞ」

「さようでしたか……では、その山師として暮らす山伏から、何処の国に金鉱が眠っているか調べるということですな」

興味深げに稲垣が訊くと、恵太郎は大きく頷いて、

「そうだろうなあ。爺っ様と暮らしてた寺にも山伏はたまに来てたが、それはそれは諸国の事情に詳しかった。俺は山の民しか知らぬが、この国は海に囲まれてるから、海の民も繋がっているそうな。渡り鳥や回遊魚のように、人と人も絆(きずな)がある。山伏はその絆を結ぶ役目をしているのかもな」

と話した。だからこそ、自分のような山猿でも、山伏から世間のことを耳にすることができたと恵太郎は言った。

「では、恵太郎殿……いえ、恵太郎様。見聞をさらに広げながら、この藩のために一肌脱いで下さらぬか」

改めて、稲垣は手をついて頼んだ。

「何の真似だい」

「お蝶から聞きました。あなたは、荻野山中藩の家老の家柄の生まれで、何か異変があれば、代わりに藩主に就く身であることを」

「いや、知らん。聞いたことがない」

「しかし、それは事実なのです。それゆえ、あなたを邪魔に思う服部や近藤が……」

「その話はもういいよ」

　恵太郎は手を振って止めてから、

「俺よりも、本当に継ぐべき者がいるのであろう？」

「えっ……どうして、そのことを……」

　不思議がる稲垣に、恵太郎は苦笑して言った。

「あなたが妻子として連れていた者たち……あれが、そうなのではないのか。事情はよく知らぬが、そうだな……さしずめ、あの子が藩主ゆかりの子で、母親の役目をしていたのが、側女(そばめ)か奥女中……」

「――これは驚いた……ご推察のとおりでございます」

　稲垣は恐縮したように頷いて、

「この際、あなた様を家老と思い、はっきり申し上げておきます。あなたに助けて貰った子は、亡き藩主の孫に当たります。先代、大久保備前守が亡くなった折、その子孝範(たかのり)

様は訳あって遠縁にあたる駿河大久保家に預けられておりました。それこそまだ三つの童でしたが、長じて、その妻が清之助様を産みました」

「訳とは……」

「その頃、藩内でゴタゴタがあり、殿の跡継ぎの孝範様のお命も危ぶまれ、家老たちが藩政を担っていたようなのです」

「なるほど……」

「ですが、二親とも病で亡くなり、清之助様は密かに育てられました。丁度(ちょうど)、恵太郎様と同じように」

「俺は別に、家老の子として育てられてはおらぬがな」

「とにかく……そのことを掴んだ私は、奥女中の志乃とともに連れ戻し、服部と近藤の企(たくら)みを始末した上で、清之助様を藩主に立てようとしているのです。もちろん、幕閣や大目付たちの考えでございます」

「だから、狙われたというのだな」

「はい。あのときは、まだ追っ手が何処にいるか分からなかったため、すべてを話すことができず、申し訳ありませんでした」

「そういうことか……ならば一肌でも二肌でも脱ごう」

「本当ですかッ」

稲垣が喜んだが、恵太郎は神妙な顔つきで、

「だが、その前に……」

「その前に？」

「腹ごしらえだな」

ぐうっと恵太郎の腹の虫が鳴るのを聞いて、お蝶は笑って、

「ほんと恵太郎様って、目一杯走ってるか、ご飯を食べてるかどっちか。まるで子供みたいですね。あはは」

「殺されそうになったのだぞ。なんか美味いものを食いたい」

恵太郎も陽気に微笑み返すのを、稲垣も和やかな目で見ていた。

三

高膳がふたつ並んでおり、その前に座っているのは、羽織も着ていない近藤と今村である。ふたりとも領民たちに〝私刑〟よろしく、激しく殴る蹴るされて、顔がパンパンに膨れあがっていた。

刑場から本陣の一室に、藩役人たちによって連れてこられたふたりだが、すでに権威は失せつつあった。

なぜならば、領民たちが襲いかかったとき、近藤は毅然と立ち向かうどころか、

「儂は関わりない……殺さないでくれ……悪いのは服部様じゃ……儂は命令されていただけで、家老でもなんでもない……おまえたちの米を取り上げたのも、服部様の命令じゃ。儂はそんなことしとうなかったのだ」

と命乞いをして、情けない言い訳を必死にしていたからだ。

それでも、今村の方は何人かを振り払って戦う意欲を見せたが、多勢に無勢、しかも、近藤の武士らしからぬ姿を横目で見ていて、戦意を失ったのである。まさに一揆同然の荒々しい事態になり、ふたりは危うく殺されるところであった。それを助けたのは、お蝶と仲間の伊賀者だったのだ。

近藤と今村は、炊きたての飯や川魚の刺身に焼いたもの、山菜の味噌汁(みそしる)などを目の前にしながら、箸を動かすこともできなかった。それほど体も痛めつけられていたのだ。もちろん、好きな酒が入っているぐい飲みにも、手を出せない。

「飯を食いたくても食えない……少しは領民の痛みが分かったかな、近藤殿」

ふたりの前に座っている裃(かみしも)姿の稲垣が声をかけた。傍らには、恵太郎もいる。近藤と今村は目を背けたが、空腹よりも体の怪我の方が苦痛で、喘ぐような溜息(ためいき)が洩れていた。

「何の真似だ……笑い者にする気か……」

近藤は掠(かす)れた声を出したが、今村は黙ったままだった。

「そこもとも既に古鷹家のことを承知しているとおり、ここにおわす恵太郎様を当藩の家老にする。大久保家本家に届け、さらに江戸表にも伝えることになっておる。よいな」

稲垣は大目付と正式に話をつけると言い渡した。

「な、なんだと……」

憎しみに満ちた顔を向けた近藤だが、その表情が読み取れぬくらい腫れている。

「新しい家老に、すべて正直に話せば、温情を施して下さるに違いあるまい。そこもとが知っていることだけで構わぬ。小田原藩家老の服部が為そうとしている企み、有り体に申してみよ」

「ふん……家老だと……何様のつもりだ」

近藤が睨みつけたのは、恵太郎の方だった。そして、今までどおり、「おまえの父親が前藩主を暗殺した」と言い張った。だが、今度は恵太郎も毅然と返した。

「いや。近藤……おまえが画策し、俺の父親のせいにしたのは、もう明らかになっている。実はな……おまえの家来が正直に話した上で、切腹をした」

「な、なに……」

「猪股(いのまた)猪三郎という者に覚えがあろう」

「………」

「知らぬはずはないが……切腹したのは、その者だ」

穏やかな声で責める恵太郎は、なかなか様になっている。近藤は「知らぬ」と精一杯の嗄れ声で否定したが、表情が明らかに変わったのは今村の方だった。

「猪三郎が……本当か……奴が切腹なんて……いつも腹を空かせて、大食いだった猪三郎が、腹を切るなんてことが……」

今村は思わず涙ぐんだ。茶屋で恵太郎を待ち伏せしていたときの食いっぷりが目に残っているのだ。

「――何の話だ……」

近藤は不愉快そうに呟いたが、今村は僅かに動く右腕で、目の前の酒を、別れ杯のつもりで飲み干してから、

「惚けないで下さい、近藤様……猪三郎はあなたの忠実な家臣だったはずだ。備前守様の異変の折はまだ若造だったが、あの事件の後、なぜかあなたは奴を疎んじ、藩から追い出した……それから浪々の身だ」

「………」

「それでも、あなたのことを恨みもせず、また荻野山中藩に仕官したいと……近藤様の元で働きたいと願っていたんだ」

「誰の話をしているのだ……知らぬ」

「いいえ。猪三郎は腹が一杯になると、必ずといっていいほど、近藤様の話をしていた。あの痩せの大食いは、浪人暮らしゆえ、身につけたものだ。食い溜めしないと不安だと な……犬じゃあるまいし」

　今村はまるで自分の子分のことのように、うっすらと涙目で続けた。

「俺も薄々は感じていたんだ……備前守様の命を奪ったのは、あなたじゃないか……その手先として猪三郎が使われたのじゃないか。だから、脱藩させたのではないか。余計なことを喋らないようにと」

「…………」

「だが、奴は端から話す気なんざ、なかったと思いますよ……猪三郎は、あなたに心酔していたのです。武士として、近藤様を裏切る気なんぞ、さらさらなかった……俺がそうであったようにね」

　黙って聞いている恵太郎と稲垣に向かって、今村はキッパリと近藤とは縁を切るかのように居直って、

「備前守様を殺ったのは猪三郎かもしれない。だが、近藤様がこんな体たらくだと知り、絶望して切腹したに違いない」

　と必死に訴えた。

「他の鹿之助、猿吉、熊蔵たちも、少なからず荻野山中藩に縁があったから、仇討ちの助太刀に来たのだ……恵太郎様、あなたのことを当藩家老の子だとは知らずに。しかも、藩主になるお立場なのに……」

「――いい加減にしろ……おまえまで何を言い出すのだ」

近藤は懸命に反論しようとするが、すぐ隣にいる今村にすら顔を向けることができない。それほど首を痛めているのだ。

「あたた……いてて……」

思わず情けない声を洩らした近藤に、恵太郎が微笑みかけた。

「痛いのは生きている証だ。腹が減るのもな。だから、生きているうちに、悪いことをすれば反省をし、心を入れ替えれば、また別の人生を歩むことができよう」

「なにを下らぬことを……」

「近藤……猪三郎は地獄と極楽、どちらに行ったと思うかね」

「さあな」

「ふん。そんなことも分からないで、政事をやってたのか、愚か者めが」

恵太郎がわざと怒鳴りつけると、

「なんだとッ！」

怒りに満ちた顔になった近藤は、中腰になって脇差しを抜き放とうとした。しかし、

それ以上身動きできなかった。悔しがる近藤に向かって、

「ほら。苛々して苦しいだろう。今のおぬしのいる所が、地獄という所だよ」

「お、おのれ……」

と言いながらも、近藤は何かを感じたのか、しばし恵太郎の顔を見ていたが、ストンと腰を落として、

「——そういうことか……」

と呟いた。

「ええ、そうです。分かりましたか……今、あなたが座った所が、今度は極楽になりましたね。地獄も極楽も、善も悪も、一切唯心造（いっさいゆいしんぞう）……自分の心が造るのです」

「………」

「って話を、箱根山の東福寺の坊さんが話してた。その受け売りだ。人を恨むも許すも、心次第……だから俺はガキの頃、何があっても人を恨むまいと決めたんだ」

微笑む恵太郎の顔をまじまじと見た近藤は、もう一度、ハッとなった。磔柱に縛られていたときの恵太郎の穏やかな顔を思い出したのだ。騒ぐどころか、文句を垂れたり、悪足掻きもしないで、「絶景だ」と周辺を見廻していた。

それに比べて、自分はなんと愚かしい、情けない態度だったのだ。武士として見苦しかったことを恥じ入った。そして、痛い体をゆっくりと動かして正座をすると、

「私も、猪三郎を追って切腹したい……今村、手を貸してくれ……」

と掠れた声で言った。

「ここは極楽ですから、切腹せずともいいではないか。腹を切ったところで、血と汚い臓腑が出てくるだけだ。どうせなら、腹の中に溜めていたドロドロしたものの方を出してくれぬか……服部の野望を止められるのは、おぬししかいないと思うのだがな」

恵太郎の言葉を受けて、近藤はしばらく考えていたが、意を決したように背筋を伸ばして嗄れ声を絞り出した。

「陣屋の石蔵に、領民たちの米や金を蓄えていたのは、私が悪い……しかし、惣庄屋を捕らえていたのは、間違ったことをしたとは思わぬ」

「えっ……どういうことだ」

稲垣の方が身を乗り出して問い返すと、近藤は瘤だらけの顔を拭いながら、

「惣庄屋の仁左衛門は、元々は百姓ではなく、相模国一帯を荒らしていた……あの岩馬一族の末裔なのだ。正真正銘のな」

と言った。

「岩馬一族……国を持たぬ大名と恐れられた……」

もう一度、稲垣が訊き返すと、近藤は痛そうに首を縦に振った。

「まさか……そのような出鱈目を……」

「いや。あながち嘘ではないかもしれないぞ、稲垣殿」

透かさず、恵太郎が口を挟んだ。

「どういうことです……」

「なに。箱根山や足柄山にも、岩馬一族の末裔は幾らでもいるし、相模国のあちこちで暮らしていると思うぞ。武士や忍びが血脈を繋いできたように、盗賊の子孫がいても不思議ではあるまい。そういや、昔の岩馬一族の頭領の名は、仁左衛門と聞いたことがあるなあ」

「いや、しかし……どういうことだ、近藤」

得心できるように説明しろと、稲垣が詰め寄ると、近藤はたどたどしい声ながら、誠実に話を始めた。

四

陣屋の牢から、お蝶に助け出された仁左衛門は庄屋屋敷ではなく、娘のおみなとともに、本陣に匿われていた。近藤という家老を失って、藩役人たちは混乱しているため、またぞろ仁左衛門らに危害が及ばないようにするためである。

お蝶やその仲間たちも加え、おみなは村の若い衆たちに手配して、米や幾ばくかの金を村人たちに返していた。他の各村にも庄屋たちを通じて戻すつもりだが、まだ藩のことが落ち着かないので、しばらく様子を見ていた。

その離れの一室では、痩せこけた仁左衛門が布団に寝かされていた。青白い顔で、息をするのもやっとくらいに憔悴しきっている様子だった。

傍らでは、おみなは辛そうに見守りながら、仁左衛門の手を握りしめていた。

「お父つぁん……大丈夫だよ……みんなの所に米やお金は届いているからね。お父つぁんの惣庄屋らしい、家老に対する義憤に駆られた行いに、他の村方三役の人たちも幟旗を揚げてくれたからね」

一揆をするわけではないが、仁左衛門の真似をして、郡奉行らに対して堂々と不正を訴え出る者もいるというのだ。

「あ、ああ……」

仁左衛門は眼光が見えないほど目は窪み、頬骨が突き出るほど痩せている。近藤に幽閉される前は、猪のような体つきで、若い頃は村相撲で勝ち残るほど強く壮健だった。おみなの目頭は、涙で熱くなっていた。

実は、今朝方、村医に診て貰ったのだが、急激な滋養不足と水も摂取できていない状況で、腎の臓が痛んでいるというのだ。ただでさえ、還暦過ぎの老体である。血の巡りが悪くなり、老廃物も出せない体は限界がきているという。いつ死んでも、おかしくない状況だった。

「――おみな……おまえには苦労をかけたな……心配することはない……向こうでは、おっ母さんが待ってくれてるからよ」

「お父つぁん……そんなこと言わないで……」

「いいんだ……村人が助かってくれれば、それでいい……」

喘ぐように言うと、疲れ切ったように静かに目を閉じた。ゆっくりと息はしているが、予断は許されない。

そんな様子を、恵太郎とお蝶は廊下から見ていた。

「――ちょっと、よいかな」

恵太郎が声をかけると、おみなは軽く頭を下げて頷いた。本陣役人をひとり、仁左衛門の警護に置いて、お蝶も一緒についていった。

別室に誘ってから、恵太郎は近藤から聞いたことを、率直に尋ねた。

その昔、相模の地を荒らしていた岩馬一族の末裔であることを確かめると、おみなは一瞬、驚いたように見つめた。が、恵太郎の穏やかな陽射し（ひざし）のような顔を見ていると、両肩の力が抜けた。

「そのとおりです……」

と素直に答えた。背負っていた荷をすべて下ろしたように、おみなも安堵（あんど）した顔つきになって、深い溜息をついた。

「ですが、お父つぁんが盗みをしたり、村々を襲って火を放ったりしていたわけではありません。ただの村人思いの、真面目な庄屋です。本当に愚直なくらい」

「分かってる。だが、今でも岩馬一族はそこかしこにいて、金持ちから金品を奪っては、貧しい者に与えている。まるで義賊のようにな……それが近藤の話だが、おみなも承知していたのかい」

「……すべてではありませんが、噂の類としては耳にしていました」

「ところが、それどころではない。仁左衛門は惣庄屋ではあるが、裏では岩馬一族を牛耳っており、盗み働きを差配していたのだ」

「…………」

「それも領民の暮らしのためだと言えば、良い話かもしれないが、盗みは盗みだ。法を担う家老としては捕らえて裁くのが当然だ。だから近藤は、仁左衛門を牢に入れて、問い質したという。しかし、決して、白状しなかった。厳しい拷問にも音を上げなかったそうだ」

まるで責めるように言う恵太郎に、一度は和んでいたおみなの表情が硬くなった。

「自分が助かりたいからではありません。仲間を売りたくなかったからです」

「罪人を庇っても罪になる」

まるで法の番人のように、恵太郎は言った。すると、おみなは自虐的に笑って、

「それで罪になるなら、私も一緒です。たとえ盗まれた物でも、勝手に奪い返したら泥棒と同じ罪ですものね。お父つぁんが、盗っ人の頭領みたいな人だってことも、薄々は知ってました。だから私も咎人です」

「………」

「それに恵太郎さん……あなたは自分のことをただの山猿だと言ってましたが、家老の身の上だと知ったとたん、偉そうに説教ですか。それじゃ近藤とさして変わらない」

おみなは父親を庇いたいのか、あくまでも領民を苦しめ、非道をしたのは近藤の方だと断固として言い張った。

「俺もそう思うよ。近藤は己が犯した罪をしっかりと償わないといけない」

恵太郎が言うと、お蝶も膝を進めて、

「でもね、おみなさん……近藤様が仁左衛門さんを捕らえた訳は、もうひとつあるんです」

「もうひとつ……？」

首を傾げるおみなに、お蝶はしっかり頷いた。

「二宮尊徳さんの行方についてです」

「——に、二宮様……」

思わず目を逸らしたおみなだが、俯いたまま唇を噛んだ。明らかに知っている様子を見て、お蝶は覗き込むように訊いた。その様子を、恵太郎もじっと窺っている。

「教えてくれませんか……二宮尊徳さんは、藩から追われる身になっています。もちろん、何か悪いことをした訳ではありません。藩主が亡くなったとたん、重職たちが疎んじたことは、あなたも知ってるのではありませんか？」

「…………」

「仁左衛門さんとは古くからの知り合いですよね。二宮尊徳さんが、領内の村々に改革をしようとしたときは、率先して手伝ったでしょう。藩の役人たちも、村人たちと一緒になって、やるべきことをしましたよね」

お蝶が事実を伝えて、おみなの心を揺さぶろうとすると、恵太郎も頷いて、

「俺も一度、会ったことがあるがね。なんだか凄い人だった」

恵太郎は稲垣らにも話した、そのときの思い出を語り、如何に素晴らしい人物で、世の中を良くしようと熟慮していたかを語った。おみなの方も百も承知だった。

「もしかして二宮尊徳さんは、小田原城下を出て、仁左衛門を頼ったのではないか。あるいは危難を察して、仁左衛門の方から手を差し伸べた。違うか？」

疑念を抱くように恵太郎が訊くと、お蝶が補足するように、

「近藤様は、服部の命令によって、二宮尊徳さんを探してました。だから、仁左衛門さ

んに目をつけて、その行方を吐かせようとしたのではないですか」

「……………」

「狙いはそっちの方が大きかったと、近藤は白状したよ」

恵太郎はそう言って、二宮尊徳の居場所を知りたいと伝えた。それは服部から守るためだと話したが、おみなとしては俄に信じられないのかもしれない。黙ったまま何も答えなかった。

すると、本陣役人が駆けつけてきて、

「惣庄屋の様子が……来てくれ」

と慌てた様子で促した。すぐに離れに戻ったおみなは、すでに虫の息の仁左衛門に寄り添って、懸命に声をかけた。

「お父つぁん、しっかりして。まだまだ、やらなきゃいけないことがあるでしょ」

「お、おみな……」

「私をひとりにしないでよ。ねえ、村人のためにもっと頑張って」

泣き声になって、おみなは手を握りしめたが、仁左衛門は「もうよい」とばかりに最後の力を振り絞って、娘を見つめた。そして、何かを言いたそうに唇を動かした。おみなはすぐに顔を近づけて、

「なんだい、お父つぁん……」

と訊くと、仁左衛門はその耳元に何かを囁（ささや）いた。

いまわの際に呟く父親の声を、おみなは震えながらも、懸命に聞き取ろうとしていた。

その父娘の姿を、恵太郎とお蝶は目に焼き付けるように見ていた。


服部が数十人の手勢を連れて、荻野山中藩に乗り込んできたのは、その翌日のことだった。仁左衛門に逃げられた上に、恵太郎も処刑し損ねたと密偵から報せを受けての素早い対応であった。

手勢はいずれも槍や鉄砲で武装しており、物々しい一団の姿に、街道筋の者や領内の村人たちは恐々とした顔で見ていた。

東海道や中山道（なかせんどう）、日光（にっこう）街道などは幕府の支配下であり、道中奉行が管轄し、軍勢を出すことは禁止されている。だが、小田原藩としては、鷹狩りであることを表向きの理由としていた。

しかし、大名領内の鷹狩り場であっても、周辺に天領などがあれば、事前に公儀に届け出るのが義務である。それを無視しているのは、小田原藩の大久保家が老中を輩出してきたからであり、東海道の目付役であるとの自負があるからだ。

服部が荻野山中藩の陣屋に到着したとき、表門は閉まったままだった。出迎えがないことに不快の念を表し、

「近藤。何をしておる。遠路遥々、駆けつけてきたのだ、無礼であるぞ」

と大声を発した。

何度か繰り返した後、ようやく表門が開いて、陣屋内に招き入れられたが、そこに居並ぶ荻野山中藩の家臣たちも武装して待っていた。まるで合戦の本陣のように黒白の陣幕までが張り巡らされており、藩の主立った重職たちは甲冑姿である。

その真ん中の床机に座して待っていたのは、近藤であった。兜を被り、鎧を身につけている。鷹狩りは軍事訓練でもあったから、戦仕立ては当然であったが、異様に緊張した空気に、服部の方が驚いた。

「──なんの真似だ、近藤……」

「早馬にて先触れを受け、かように準備万端整えておりました」

「それは、如何した」

腫れ上がったままの近藤の顔を見て、服部は目を丸くした。

「領民たちに痛い目に遭わされました」

「なんと……」

「捕らえた賊に逃げられた上に、かような体たらくで申し訳ございませぬ。服部様に合わせる顔などないのですが……」

「古鷹恵太郎には逃げられたそうだな」

「恥じ入るばかりです」

「惣庄屋……いや岩馬一族頭目の仁左衛門はどうした」

「私の手下に裏切り者が出て、まんまとしてやられました。蓄えていた米や金もすべて持ち逃げされまして」

すでに承知しているであろう服部に、近藤はただ言い訳をするだけであった。

「二宮尊徳の行方はどうなった」

「それも未だに……」

分からないと首を横に振った近藤に、服部は、

「さても、さても……おまえもどうやら焼きが廻ったようだな。領民にさような目に遭わされた上に、おめおめと生きていることが、儂には到底、理解ができぬ」

と吐き捨てるように言った。

「儂が最も気にしているのは、二宮尊徳のことだ。あやつは藩のことを詳しく知り尽くしておる。そんな輩が他藩に仕えることになるようなことがあっては、厄介極まりない。捕らえて始末せねば、藩の存亡にも関わるゆえな」

「藩の存亡とは……大袈裟すぎはしませぬか、服部様」

「その考えが甘いのだ。公儀はこれまでも、些細なことに因縁をつけ、廃藩まで追い込んでおる例は幾らでもある。大名は、将軍から大事な御国を預かっているという考えは、

未だにあるのだ」

いわゆる〝預治思想〟なのだが、天下泰平の世の中、将軍から国を拝領しているなどと考えている大名はいない。むしろ、諸藩が幕府を支えていると思っている。それゆえ、幕府としては意に沿わぬ藩は、廃止することで天領にすげ替えているのである。

「ですが、服部様。幾ら何でも、小田原藩を潰しにかかるとは思えませぬ……」

近藤が自説を述べようとすると、服部は悪し様に罵った。

「おまえは馬鹿か。幕府はこの荻野山中藩を潰し、その勢いを借りて、小田原藩を瓦解させようとしているのだ。小田原藩を関八州同等の扱いにしてしまえば、東海道はもとより、海運、伊豆支配、箱根の関所、様々な利が生まれるのは当然のこと」

「いえ、しかし……」

「その陰謀を画策しているのが、他の誰でもない。二宮尊徳だ」

「まさか……」

「事実、奴は幕府から召し抱えると打診されておるのだ。しかも、老中の水野忠邦様から直々にな」

「水野様に……！」

「元々は鎮西の田舎大名のくせに、上手いこと立ち廻って権力を手にした。小田原藩を狙っているのは、先代藩主・忠真公も勘づいていたことだ。その殿様が亡くなったところを突いて、藩の弱味に付け込んできておる」

服部は憎々しげに手にしていた笞を振りながら、

「それが、荻野山中藩に藩主が不在だということだ……しかも、岩馬一族との関わりまで噂されておる。盗賊退治を理由に、幕府の軍勢が一気に叩き潰しにくるのは明らかなことだ」

「………」

「その先導役が、二宮尊徳だ。奴は、我が藩から受けた恩を仇で返す不逞の輩だ。断じて、見逃すわけにはいかぬ。何がなんでも、二宮を亡き者にせねば、天下一の小田原藩がなくなるやもしれぬのだ」

危機が押し迫っているかのように、服部は能弁に語ったが、近藤の腫れた瞼の奥の目は、まったく動揺していなかった。

「――さようですか……ならば服部様。この際、二宮尊徳を闇に葬ろうではありませぬか」

「できるのか、おまえに……」

「仁左衛門は昨日、死にました。どうやら、こやつが二宮尊徳を匿っていたようですが、引導を渡す時が来たようです」

苦笑する近藤の顔がさらに不気味に歪んだ。腹に一物のある服部である。近藤の言葉をすべて信じたわけではないが、何かあれば二宮尊徳共々殺すつもりである。

「本当は分かっておるのだな。奴が居る所を……ならば消せ」

「御意——」

もう一度、頷く近藤を、服部は凝視し続けていた。

五

山上はやはり瀟々と雨が降っていた。雨降山と称される大山の頂上にある奥の院・阿夫利神社の神通力はかなり強いと見える。

ここは女人禁制ゆえ、石尊大権現には登ることはできないが、その途中にある不動明王を祀る大山寺までは、誰でも登ってくることができる。とはいえ、九十九折りの山道や険しい岩壁を登らねばならぬ〝男坂〟は、並の男でも難しい。足の弱い参拝者は〝女坂〟を使うが、登り切ると絶景が待っている。

晴れていれば、眼下には豊かな相模の景色が広がり、江ノ島の方も見える。すぐ側には轟々と流れ落ちる滝があって、参詣者たちを迎えてくれる。不動堂には、願行上人が造った不動明王像があり、険しい顔ながら、拝む者たちが虚心坦懐になるほどの威厳がある。地蔵堂の周りには、護摩堂、開山堂、鐘楼、三社権現などが配されており、深い木立と相まって神聖な雰囲気が漂っていた。

天平勝宝年間に良弁僧正によって開かれたこの寺には、源頼朝が平家への勝利を嘆願するため、太刀を納めた。その縁起を担いで、大山詣りに来る多くの者は、様々な趣向を凝らした木刀を奉納していた。武運長久を願う武士が訪ねてくるのも当然であった。

不動堂の周辺には、別当が住む「八大坊」など僧侶が修行する十二坊、さらに脇坊などがあり、沢山の修験者が居住していた。その者たちの中には、岩馬一族に繋がる者がいた。国を持たぬ盗賊とは、翻せば、法に縛られず何処でも神出鬼没の猛者どもということだから、諸国を遍歴する山師との関わりも深かった。

二宮尊徳が匿われていたのは、十二坊の筆頭である「八大坊」である。仁左衛門が差配して、大山に潜伏させることによって、小田原藩の追っ手から守らせていたのだ。

山麓にある大山の入り口、子安の銅鳥居を潜ると、参道の両側には御師が営む宿坊が百三十六軒もある。山上の不動堂が城の本丸ならば、宿坊は櫓のようだった。不審者を見極め、鉄壁の護衛役をしていた。

「——そうでしたか……仁左衛門が私のために……」

大きな体を屈めて、二宮尊徳はおみなに詫びた。自分のせいで、仁左衛門が近藤に捕らえられて、酷い目に遭っていたとは思ってもいなかった。その考えが甘かったことを、二宮尊徳は涙ながらに悔やんだ。

「手を上げて下さい二宮様……お父つぁんは、あなたを誇りに思っていました。この地を豊かにしてくれたのは、二宮様でございます。領民たちはみんな、楯になってくれると思います」

「豊かなどとは面映ゆい……」

「いいえ。新たに開墾した田には、三年どころか五年も年貢をかけなかった。だからこそ、みんな頑張れたのです。それに、麦は税として取り上げられない。年貢は米で納めるという公儀の決まり事を、二宮様は逆手に取って、痩せた土地でも育つ麦畑を沢山作らせ、それを粉にして保存させました。飢饉のときも飢えずに済んだのも、二宮様のこの施策があったからこそです」

「政事の使命は、貧民救済に尽きる。それは幕府であろうと藩であろうと同じはずだ。私が貧しい農民の出だから言うわけではないが、この国を支えているのは、真面目に働いている無数の民だ。その民を蔑ろにして、贅沢に溺れる為政者は万死に値する」

二宮尊徳は拳を握りしめたが、自分の熱い思いも、巨大な力には蟷螂の斧に過ぎないことを此度、つくづくと感じさせられていた。だが、ここで諦めてしまっては、若い頃から小田原藩に滅私奉公してきたことが無駄になると思っていた。

殊に、大久保忠真公への恩義は死んでも忘れないほどだ。その遺志を継いで、領内だけではなく、忠真が生前老中として国の立て直しをしようとしていたことにも、及ばずながら手を貸したいと二宮尊徳は考えていた。

しかし、忠真は、松平定信には信頼されて重用されていたが、水野忠邦とはウマが合わなかったのか疎んじられていた。その上、小田原藩内でも混乱が起き、下級藩士に過ぎない二宮尊徳であっても、藩の行く末が心配でならなかったのだ。

そんな思いを仁左衛門は知っていたからこそ、二宮尊徳を匿い、自ら戦おうともしていた。その戦い方のひとつが、岩馬一族を使うことである。つまり、藩の富を奪って、庶民に返すという乱暴な方法であった。

おみなは父親の考えを切々と語った。

「この大山には、お父つぁんの手下が何人もおります。普段は、参拝案内をする御師として働いていますが、〝いざ鎌倉〟となれば、何処でも素早く出かけ、守りに入るとなれば、この『八大坊』から二十八丁も厳しい山道を登って、頂上の石尊大権現に籠城することまで考えておりました」

頂上に祀られている大山祇大神のご神体は、日本武尊が蝦夷征東のときに休んだ岩である。この岩は飛び越える馬を操るとして、岩馬一族に恐れられており、大山祇大神が一族の守護神であった。戦国の世に、北条氏のために豊臣秀吉軍と戦った名もなき山伏たちとは、ほとんどが岩馬一族だったという。

「ですから、この山は二宮尊徳様……あなたを必ず守ります」

おみなが断言したとき、当代別当、「八大坊」寂信(じゃくしん)が部屋に入ってきた。一山の総裁役だけあって、高僧らしい威厳ある法衣姿だが、穏やかな月光のような笑みを浮かべている。

二宮尊徳が深々と頭を下げると、おみなも一緒に手をついた。寂信はふたりに気遣いながら声をかけた。

「今し方、荻野山中藩から、家老が入山してこられた」

「家老……」

「さよう。二宮殿、あなたにお目にかかりたいとな」

寂信はそう言ったが、実は自分が計らって連れてきたことは明白だった。呼ばれて入ってきたのは近藤ではなく、恵太郎であった。その顔を見て、おみなは納得したように頷いて、目顔で挨拶をしたが、二宮尊徳の方は総髪の若侍を見て、

――誰だ……。

と表情を曇らせた。

「ご無沙汰しております。二宮様は覚えておられませんでしょうが、箱根山の山猿です」

「箱根山……」

呟いてからアッと目を凝らして、

「もしかして、甚兵衛さんの孫の……あの与太郎（よたろう）かい。子供の頃の面影が……」

と二宮尊徳は目を凝らした。

「与太郎ではありません。恵太郎です」

「いやいや。おまえさんは子供の頃、箱根神社におって、旅人たちになんでも与えてやるので、与太郎と綽名（あだな）がついてた」

「綽名……二宮様が勝手にそう呼んでいただけですよ。それを言うなら、人に恵むから、恵太郎でいいのではないですか」

「恵むのと与えるのは違うんだ。恵むというのは、人を憐（あわ）れんで幾ばくかの金品を分けてやること。与えるとは、施すと同じで、弱い立場の者に、無償で利をもたらすこと。つまり、相手は人だけではなく、生きとし生けるものに対して行うことで、決して憐れみだけでするものではない」

「——そうですかね……」

「ああ。そうですぞ。与えるのは、必ずしも物品ではない。よく課題を与えるとか影響を与えるとか言うであろう。つまりは、世のため人のために為すということだ」

「しかし、与太郎というのは、間抜けで役立たずの意味合いが……」

「いやいや。それが間違いだ。もっとも、恵与という言葉もあるし、そもそも……」

思わず説教臭く続けそうになった二宮尊徳は、コツンと自分の頭を叩いて、

「これは失敬。ウンチク垂れるのは悪い癖でな……甚兵衛さんにも迷惑がられた」

「とんでもない。爺っ様は、二宮様と会った日、色々な話をされたことを誇りに思い、十五両も下さったことに感謝しておりました」

十五両は一家族が一年暮らして余るほどの大金である。

「そのことを、爺っ様は不思議に思っておりました」

「甚兵衛さんは老体に笞を打って、他の村人が決してやろうとしない切り株を掘り起こすような厄介なことを、毎日のようにやっていた。そのお陰で、村人たちが容易に開墾をすることができた。まさしく〝与える〟考えだ。その陽の当たらぬ仕事に対する礼金に過ぎぬ。感謝するのは、こちらの方だ」

「そうでしたか。たしかに爺っ様は、自分が何かしたことを自慢したりすることはまったくありませんでした。どこぞの為政者とは違って。はは……爺っ様も二宮様のことを、死ぬまでずっと語り続けておりました」

「えっ。亡くなられたのか……」

「はい。ですから私もこうして、世俗とやらに下りてくることができました」

「はは……それにしても、あの山の中の小僧が、かように立派な若者になっているとは。しかも、家老とはこれ如何に」

そのことはおみなから話を聞いていたのであろう、寂信が丁寧に説明をした上で、小田原藩の状況はもとより、荻野山中藩のことも伝えた。もちろん、領内の様子は二宮尊徳自身が誰よりも知っている。

「しかし、二宮様……当山は幕府の祈願所であり、僧侶を養成する法談所でもありますから、相模国に肩入れすることはできませぬ」

「承知しております」

「そこで、恵太郎さんにひとまずは家老として立って貰い、公儀大目付の使者である稲垣三郎左衛門殿が事態の収拾に取り組んでくれることになっております。そのために、先代藩主の直系である清之助様もまた、当山に匿っております」

「――そうでしたか……」

「ですから、清之助様を藩主に据えて、恵太郎さんに後見して戴きたい。それが最も領民にとって幸せなことだと思います」

「なるほど、それはよい考えだ」

二宮尊徳はすぐに納得して、恵太郎を改めて見つめて、

「甚兵衛さんは古鷹家の当主とは名乗らなかったので、まったく存じ上げなかったが、あの折、あの小僧……いや与太郎さんは只者(ただもの)ではないと思っていた。こうして見ると驚くばかりだ。これは私の不明でした。どうか、ご勘弁下さいまし」

と微笑みながら言った。傍(はた)から見れば掌返し(てのひらがえし)のようだが、そうではない。荻野山中

藩が長年、藩主不在であることは二宮尊徳も不自然なことだと思っており、すべてを聞いて納得した。

「さすれば、与太郎さん……この際、私を荻野山中藩で雇って下さらぬか。むろん、本家の小田原藩の許しがなければ叶わぬことですが、服部様を何とか制して……」

言いかけた二宮尊徳に、恵太郎は待って下さいと手を挙げて、

「与太郎ではなく、恵太郎です」

と笑ってから、真顔に戻って話を続けた。

「私は、服部様の野望なるものを諦めさせたり、ましてや叩き潰そうなどと考えてはおりませぬ。できれば、みんな仲良くして貰いたいと思ってます」

「そうは言っても、相手が相手ですからね。しかも、あの悪名高き近藤を手下同然に操っているから、一筋縄ではいきますまい」

「では、二宮様は戦国の世のように争うことを望んでおいでですか」

「まさか……」

「ですよね。五徳を心得ておれば、誰もが仲良くできる。私は、武力や権力で決着をつけるよりも、人が自ら胸襟を開いて、お互いに足らぬところを埋め合うのが、最も良いなあと思っております」

「いやはや。若いのに立派だ。さすがは家老の係累だけのことはある」

「とんでもない。爺っ様と話していた二宮様の受け売りです」

ふたりが笑顔で向き合っている姿を見て、寂信は穏やかに言った。

「まさに仏の心ですな。大山能の由来でもあります」

大山能とは、今や神事能として清岳殿で行われているが、元はといえば、この山中で繰り返される僧侶と修験者の諍いを諫めるのが目的であった。仏や神に仕える身であっても、何事か揉めるのが人の性であろうか。

「五代将軍綱吉公は無類の能好きで、演じられなくなった能を二百も掘り起こして、継承させたほど……その綱吉公が揉め事を起こしている双方に能を習わせ、それで競わせることで、つまらぬ争い事は融和したとのことです」

「へえ、そんなことが……では、別当様は、服部様にもそのような……」

「私も争いは嫌いです。いい智恵があればよろしいのですが」

寂信が言うと、二宮尊徳は手を叩いて、

「なるほど。さすがです……私は倹約をすることでしか領民を救えないが、服部様には服部様の手立てがあるはず。そこに導けば、余計な争いは消えるかもしれませんな……ここは、与太郎様。あなたの出番ですかな」

「ですから、与太郎ではなく、恵太郎ですって……参ったなあ」

恵太郎は迷惑そうに耳の辺りを掻いたが、寂信もおみなも、なんだか楽しそうに「与

太郎もいい名に思えてきた」と笑った。そして、寂信はしみじみと恵太郎を見つめて、

「仏道では、他人に安心を与えることも〝無畏施〟という布施ですからね。与太郎はまさしく適当かと思いますぞ」

と高貴なまなざしを向けるのだった。

六

すべての道は大山へと通ず——と言われているように、江戸、武蔵、相模、駿河からは無数の道が、大山の麓に繋がっていた。

芝生通大山道、柏尾通・戸田通大山道、四谷通・田村通大山道、中原往還など、主要な本街道とそれ以外の縦横に走る脇往還が蜘蛛の巣のように張り巡らされている。街道は道中奉行、脇往還は勘定奉行が管轄だが、その他は領主が支配していた。

これらは大山詣りのために整備されたものだが、何か大事態が起これば、双方から人流ができることになっている。まさに〝いざ鎌倉〟となれば、武士や山師たちが一団となって往き来できるのである。

山麓の銅鳥居には、服部の軍勢が押し寄せていた。大山詣りには、江戸はもとより、様々な所から、町内や同業者の集まりなどが〝大山講〟を組んで、物見遊山を兼ねて来

ていた。その旅人たちが押し寄せている門前町に、武装集団が現れたのだから、参拝客たちは驚いて身動きできないでいた。幾つかの滝があって、詣でる前に水垢離をしている者もいたが、騒然となった様子に途中で止めた。

　先頭には、甲冑姿の服部と近藤が立って、階段を見上げている。いずれも険しい顔であるから、何事か異変が起こったに違いないと、宿坊から出てきた御師たちは、参詣客を招き入れたりして、できる限り危険を回避させようとしていた。

「服部様……ご覧のとおり、参拝する者が多勢おります。軍勢が大挙して押しかけて、参拝客に怪我人を出させるわけにはいきますまい。ここは、ふたりだけで勝負をしませぬか」

　唐突な近藤の誘いに、服部は甲冑を擦らせる音を立てながら、訝しげに振り向いた。

「勝負……どういうことだ」

「『八大坊』には、目当ての二宮尊徳がおります。その首を、どちらが先に刎ねるか……それによって吉凶を占いませぬか」

「………」

「いや、吉凶というより、服部様と私、いずれが今後の権力を握るか。その勝負です」

「なんだと」

「一対一で対決するのが、武士道というもの。かつて、服部様は韋駄天と称されたほどの健脚でしたな。韋駄天とはご存じのとおり、増長天の八将のひとりで、仏舎利を奪い返した仏。黄檗宗などの寺で、祀っている武の神というのもご承知のはず」

「だから、なんだ……」

疑わしい目になる服部に、近藤は腫れ上がった顔ながら、真剣なまなざしで、

「かの源頼朝は、ここに刀を納めることで、武運長久と天下泰平を祈りました。我々もこの刀を、二宮の首を刎ねた上で、納めようではありませぬか」

「………」

「それを天下に示すことで、恙なく領内を治めることができましょう」

「おまえは今、勝負だと言ったが……」

「ええ。私もまだ服部様に負けぬほど、小田原藩を牛耳りたい欲がありますれば、千載一遇の機会と思い、勝負したく存じます」

訝しむ服部だが、近藤は権力者の欲望を擽るように続けた。

「その代わり、服部様が勝てば、小田原本家はもとより、この大山で暮らしている山師や岩馬一族たちをも、配下に組み込むことができましょう。さすれば、諸国の金山銀山の様子が分かり、そこに服部家の分家を作ることもできます」

諸国檀家巡りをする御師たちの役目は、単なる布教活動や加持祈禱ではなく、国々の実情を調べてくることであった。大山の御師の〝廻檀〟は関東甲信越、東海、伊豆七島

はもとより、奥羽蝦夷（おううえぞ）まで及んでいる。まさしく、服部が欲していたのは、この御師たちが結束している「力」である。

「如何なさいます。恐れながら、この近藤めは服部様の後ろ盾をいただき、荻野山中藩では家老を務めておりました。今度は、服部様を手下にしとうございます」

「貴様ッ……」

「しかし、服部様が勝てば、この大山はあなたの掌中に入り、私の命なんぞ虫けら同然に扱うことができましょう」

凝視する近藤を、服部はしばらく睨んでいたが、ニヤリと口元を歪めると、兜の緒を締め直して、

「何が狙いか知らぬが、ここで引いては北条家より続く我が武門の名が廃る。よし、望むところだ。この太刀で、憎き二宮の首を刎ねて、その刀を納めてやるわい」

と言い切った。

何事かと家臣たちは見ていたが、服部が自ら「山内は幕府の祈禱所である」ことを理由に、近藤とふたりだけで登ると宣言した。そして、ふたりは顔を見合わせて頷き合うと、「せいや！」と掛け声をかけて、猛然と坂道を駆け登り、その先の階段に向かって突進した。

家臣達は啞然（あぜん）として、いきなり駆け出すふたりの後ろ姿を見送るばかりであった。

参拝客のために整備されているとはいえ、諸国から修験者が集まって、厳しい修行をする霊山である。長く急な坂道や石段は、中年を過ぎたふたりには過酷な試練だった。

それでも歯を食いしばり、重い甲冑をものともせず駆け上がった。

さすがは韋駄天と呼ばれただけあって、服部はあっという間に、近藤を引き離し、どんどんと前に進んだ。

不動堂のある大山寺に至るには、くねくねと曲がった坂道を登り、男坂はさらに険しい崖を這(は)い上がらなければならない。ほとんど垂直な鎖場(くさりば)では、岩場から足を踏み外したり、何かの衝撃で体が傾くと、あっという間に崖下に転落することになる。

元々は修験者のためにある鎖を握りしめて、聳える峻険(しゅんけん)な崖を見上げたとき、服部はふうっと大きな息をついて、

「かような所は無理であろう。しかも霧雨で岩が濡れておる。滑って落ちたら、ひとたまりもないぞ」

と呟いた。

振り返ると、近藤はまだ遥か下の坂道を荒い息で登ってくるのが見える。

「むふふ……儂に勝負を挑むとは笑止……一気に引き離してやるわい」

余裕の笑みを浮かべるや、ガッと岩肌を籠手(こて)で被(おお)われた手で摑んだ。足場を確かめながら、少しずつ慎重に登っていく服部は、日頃から武芸の鍛錬も疎(おろそ)かにしていないので

あろう。まるで蜘蛛のように崖に張りついて、徐々に雨が落ちてくる空に近づいていった。

気のせいか、高い所に行くほど崖が反っているように感じてくる。このまま背中から落ちるのではないかという不安が込み上げてくる。しかも、霧雨のはずなのに、顔面に落ちてくる雨粒が異様に痛い。

急傾斜の崖を登るときは、下を見るなと言われる。自分が登ってきた高さに驚いて、足が竦むことが多いからだ。だが、近藤の動きも気になる。わずかに下方に目を向けようとしたとき、ジャラジャラと別の鎖が揺れる音にハッとなった。

なんと、近藤の姿がすぐ手が届くほどの所まで近づいてきているのだ。

「あっ。おまえ……！」

するすると登ってくる近藤の形を見て、服部はさらに驚いた。なんと、甲冑はすべて脱ぎ捨てており、刀だけを背負って、身軽に登ってきていたのだ。

それに比べて、服部の方は甲冑の重さに加えて、腰に差している大小の刀が邪魔になって、なめらかに手足を動かせないのだ。

「お、おい……鎧兜を脱ぐとは卑怯なりッ」

服部は責めるように文句を言ったが、近藤は脇目もふらず、鎖に腕を搦めるようにして、足場をしっかりと踏みながら、

「この崖を、重備えで登ろうと思う方がどうかしてますぞ」

と真顔で言うと、せっせと雨雲に向かって登っていく。身軽になったからこそ、楽々と追い越せたのである。

それでも、服部も意地になったように、強く踏ん張りながら懸命に這い上がった。

「くそッ……負けてたまるものか……」

ムキになって登ろうとすればするほど、兜の吹返(ふきかえし)や錣(しころ)、鎧の大袖や草摺(くさずり)が岩や鎖に絡んで、思うように進むことができない。それでも力任せに振り払いながら、懸命に上まで登り切ったが、その先の鬱蒼とした山道には、すでに近藤の姿はなかった。

遅れを取った服部は気合いを入れ直して、四股(しこ)を踏むような格好をしてから、駆け出した。行く手は少し晴れ間が出てきたものの、樹木の枝葉や灌木(かんぼく)が、まるで笞のように打ちつけてくる。恐らく、ここは参拝客は通らぬ修験者の道なのだろう。

少し登り下りしながら、尾根道のような細い所を急いでいくと、最後の胸突き八丁の坂が見える。そこを一気に駆け上がると、不動堂がある。

服部はまさに韋駄天走りで飛ばしていくと、最後の急坂の手前で、近藤が地面にうずくまっているのが見えた。

近づくと、近藤の顔は傷だらけで、血が溢れている。領民たちに暴行をされて膨れ上がった顔が、さらに醜く腫れている。

「如何したのだ」

「走っていると、木の枝や切り株にぶつかって、かような無様なことに……」

「ははは。俺は甲冑を着ておるから、そんなもの何ということはない。見てのとおり、無傷だ。ははは、功を焦って鎧を脱いだりするから、かような目に遭うのだ。浅智恵だったな」

言い捨てて、服部は最後の急坂を登ろうとしたが、ふと立ち止まって振り返り、

「大丈夫か。手を貸してやろうか」

と訊いた。

だが、近藤は無念そうな形相で首を振りながら、

「情けは無用。それが命取りになりますぞ」

と唸りながら立ち上がると、服部は「ふん」と苦笑いして先へ進んだ。

まさに胸をつけて這うように登ったが、先程の鎖場のある崖に比べれば容易いものだった。ガチャガチャと鎧を鳴らしながら駆け上がると、その先は平らで広い境内が開けていて、銅屋根の重厚で立派な不動堂が見えた。

「き……来たぞ……！」

服部は振り返ることなく、最後の力を振り絞るように不動堂に近づいた。

すると——。

その先は嘘のように雨雲が晴れて、眼下には絶景が広がっていた。相模国の雄大な平

野の向こうには青々と大海原が広がり、江ノ島や水平線が見える。

一方、小田原城もくっきりと浮かび上がり、その向こうには伊豆半島の緑の山々が眺められる。そして近くの連峰を見下ろすように、真っ白な冠雪の美しい富士山が聳えているではないか。

「おおッ——！」

思わず服部は声を上げて感嘆した。

大山と富士山の祭神は父娘にあたるという。それゆえ、登ってきた苦労も忘れるほど、感慨深かった。大山には若い頃、一度だけ登ったことがあるが、そのときは雨雲が広がっていたのか、かような景色だったかどうかも忘れていた。

「絶景かな、絶景かな……さすが我が相模国は日の本一だ。この国を守るために、誠心誠意、頑張らねばならぬな」

ひとりごちた服部は、甲冑姿ながら、ああっと背筋を伸ばした。その後から、

「まこと、素晴らしい国だと思います」

と声がかかった。

服部が振り返ると、そこには恵太郎が立っていた。穏やかな笑みを湛えている若造を見て、誰だという顔になった。

「お初にお目にかかります。古鷹恵太郎という者です」

「えっ……！」

「本当にここからの風景は、誰が見ても感激すると思います。箱根山の頂上もなかなかでしたが、この豊かな土地や川には叶いません。俺もすっかり虜（とりこ）になりました」

「――古鷹……おまえが古鷹平八郎の倅（せがれ）か……」

驚きと訝しさが入り混じって、服部の頬が歪んだときである。ようやく胸突き八丁の坂を登ってきたのか、ヘトヘトになりながらも、一歩一歩踏ん張りながら近づいてくる近藤の姿が見えた。

「服部様……さすが韋駄天は衰えておりませぬな……いやはや、完敗でござる」

へたり込む近藤をジロリと見やった服部は、何をか察した目になり、

「おまえ、企みおったな」

「はあ？」

「もしや、この古鷹恵太郎と仕組んで、儂をここまで誘（おび）き寄せたか……」

「そう言われれば、そういうことです」

居直ったように近藤は返事をしたが、その表情はホッと安堵していた。

「実は服部様……そこにおられる恵太郎様に、私は命を救われました。先代藩主やお父上にあれほど酷いことをしたのに」

「なんだと……」

「そして、服部様とこうして競い合って、山上まで来るよう仕向けたのも、恵太郎様の考えでございます」

「考え……何の考えだ……俺をここで殺すつもりなのか。二宮尊徳がいるなどと……貴様ら、謀ったな」

服部が怒りに任せて、腰の刀に手を掛けると、

「私なら、ここにおりますよ」

声をかけながら、本堂の方から、二宮尊徳が歩いてきた。

「まだ決着はついていないのではありませぬか。どちらが先に、この私の首を刎ねるか……ですよね、近藤様」

その言葉に誘われるように、服部は思わず抜刀しようとしたが、恵太郎はアハハと大笑いをした。そして、服部の前に立つと、

「子供のようでしたよ。ここに登り切ったときの服部様のお顔は」

「な、なに……」

「登ることに、あまりにも夢中で一生懸命で、最後に何をするかも忘れていたのではありませんか。二宮尊徳さんの首のことなど忘れて、ここからの壮大な眺めに溜息をついていた」

「……………」

「そして、眼下に広がる国を守るために、誠心誠意、頑張らねば……そんなことを呟きましたね。山猿なので、遠くの小さな声も聞こえるのです」

恵太郎は屈託のない笑顔で、服部の横に並ぶと、雄大な大地と海を眺めながら、

「山猿ですから、森の中を走るのは得意でした。走っているうちに、悩んでいたことが何だったのかも忘れてしまうんです。あまり悩んだことはありませんがね。それでも爺っ様の言いつけを守れずに叱られたときなんぞは、アハハ……すぐ飛び出してどっかに逃げて」

「………」

「でも、何処まで逃げても自分の影だけはついてくるんですよね。その影が、良い影なのか悪い影なのかは、自分で決めるしかないのですが、良いも悪いも自分の影だから仕方がないですよねえ」

まるで僧侶の寂信が禅問答でもしているかのように、恵太郎は言った。それでも警戒心を解けないで、服部が睨みつけると、近藤が声をかけた。

「服部様……あなたがさっき絶景を見たときは、その立っている所は極楽でした。でも、同じ所なのに、今は地獄です」

「なに……？」

「恵太郎様の受け売りです。いや、受け売りの受け売りってとこですかな」

近藤が笑うと怪我をして腫れた顔が、さらに醜く歪んだ。それを見て恵太郎が、

「うわっ。すっごい恐いな……」

とまた笑うと、二宮尊徳もつられて相好を崩した。その二宮尊徳の手を摑んだ恵太郎は、服部の手を握らせた。

驚いたふたりだが、恵太郎は微笑みかけて、少し離れた。すると、二宮尊徳が、

「服部様……私にも至らぬところは多々あったと思います」

と先に詫びた。

「たしかに忠真公の威光を笠に、強引な倹約令を出そうとするなど、間違いも認めます。ですが、それは殿が亡き後にも、御家老たちとともに、藩財政のことだけではなく、領民にとって良き政事の一助になればと思ってのことです」

「…………」

「僭越ながら、私も今、ここで呟かれた服部様と同じ思いなのです……この国を地獄にするのも、極楽にするのも、お気持ちしだいだと思います」

二宮尊徳の話すことを、服部は黙って聞いていたが、

「――なるほどな……気持ちしだい、心がけしだいということか」

「私は勤勉と倹約を自らに課し、領民にも五徳を積んで貰うために、これからも学問所にも顔を出します。それが天命だと思っております。服部様は、その勤勉と倹約を旨と

する家臣と領民を束ねる御身であります。どうか、先代藩主の思いを、若殿の忠愨様にお伝え下さい。それが、服部様の家老としての一番の……」

「もう言うな。分かっておる」

服部は忸怩たる思いが滲み出た顔つきになって、

「ここから眺める風景に、国境などなく、元々、藩名すらない。自然に比べれば、人の営みなど小さく感じる。ましてや人の悩みなど取るに足らぬことだ」

「はい……」

「どうやら儂は、守旧派の者たちに追いやられるのではないかと怯えていたようだ。ゆえに先手を打とうと、若殿を意のままにして家臣たちを牽制し、公儀の目にも怯えていた……すまぬ。このとおりだ」

頭を深く下げる服部に、二宮尊徳は「とんでもない」とその場に跪き、

「小田原藩には死ぬまで滅私奉公する覚悟です。今後とも藩政改革のために、思う存分、酷使してやって下さいませ」

と訴えた。

服部は素直に頷いて、一気に山道を駆け登ってきた疲れも、これまでの二宮尊徳とのわだかまりも吹っ切れたように、眼下の景色を改めて眺めていた。

離れた木陰から——じっと見ていたお蝶の目にも涙が潤んでいた。

「あなたってお人は……やはり、二宮様がおっしゃるとおり、与太郎の方が相応しいかもしれませんね」

思わず駈け寄って抱きつきたい気持ちだったが、〝くの一〟とは草に生き、草に死ぬという運命(さだめ)である。耐え忍ぶように遠くから見ているだけだった。

そのとき、服部の側まで、清之助とお付きの志乃が、寂信に付き添われて近づいてきた。さらに、稲垣が見守っている。その様子を見て、服部はすべてを察して、大きく頷いた。その目がさらに、吃驚したように見開いた。

清之助たちの背後の本堂の陰に、浪人姿の松波四十郎の姿が見えたからである。

「――あ、あなた様は……！」

一歩、歩み寄ろうとしたとき、寂信が微笑みかけながら、服部に言った。

「御家老もご存じとは思いますが、中国の春秋時代の秦(しん)の名宰相に、商鞅(しょうおう)という人がおりますな」

「ええ……」

服部は目を擦って、もう一度、本堂の方を見たが、すでに松波はいなかった。

寂信はその服部の様子に気づいたが、素知らぬ顔で続けた。

「王太子や貴族を相手に、殺される覚悟で、大改革を断行しました。そして貧しかった秦は、その改革によって強国になりましたが、商鞅を信任していた秦王が亡くなったがため、王太子が王になるや、貴族らを扇動して商鞅を殺しました」

「………」

「商鞅は嫌われていましたが、その政策は重臣らに高く評価されており、改革を継続したために、その百年後に秦はかの国を統一します。まさに百年の計……二宮尊徳殿は、小田原藩の商鞅だと思いますぞ」

「貴僧のおっしゃるとおりだと思います」

服部はそう言って、清之助の前に片膝をついて座ると、

「若君。恐ろしい目に遭わせて申し訳ありませんでした……大久保備前守様のご遺志を継いで、荻野山中藩を盛り立て、小田原藩とともに栄えるよう、不肖服部外記めも死力を尽くす所存でございます」

と頭を下げた。すると、傍らにいた恵太郎が、

「それでは、ご一同。これにて一件落着ということで、俺は失礼仕る」

と、わざと鷹揚な感じで言って立ち去ろうとした。すぐに服部が止めて、

「待たれい。恵太郎殿には、まことに荻野山中藩の家老になって戴きたく……」

「いや。それは御免被ります。せっかく箱根の山から下りてきたのに、窮屈な暮らしは嫌です。それに、俺のような山猿に政事なんぞ分かるわけがない。悪しからず」

「これこれ、待たれい」

「では、今度は俺と、どちらが先に下に着くか、駆けっこを致しますかな」

ニコリと笑いかけると、恵太郎はいきなり勢いよく駆け出し、そのまま坂の下に消えていった。追いかけようとした服部だが、近藤は「無駄です」と止めた。

「あの山猿には、さしもの服部様でも敵(かな)いますまい……いずれ、世に出る人でしょう。それまで首を長くして待ちましょう」

「うむ。楽しみだな……しばらく、麗しき我が国を眺めることにするか」

服部が青い空と大海原を見渡すと、近藤も感嘆の溜息をついた。そんなふたりの後ろ姿を見ながら、二宮尊徳も心安らいだように頷くのであった。

七

数日後、恵太郎は品川宿(しながわしゅく)の通りを歩いていた。大山詣りをした気分で、物見遊山客を真似て江ノ島まで行き、さらに鎌倉まで足を伸ばして鶴岡八幡宮(つるがおかはちまんぐう)に参拝したのだ。そこからさらに山を越え、江戸湾沿いの道を旅してきたのである。

品川宿は、江戸四宿のひとつであり、東海道の第一番めの宿場だけあって、往来は大勢の旅人でごった返していた。

品川といえば、古くから品川湊(みなと)として栄えていた所だが、北宿(きたじゅく)・南宿(みなみじゅく)・新宿が宿場町として設けられ、大木戸のある高輪を目前として、旅籠や茶屋が並ぶ繁華な長い通りが続いていた。もちろん、参勤交代で通る大名の数も他の街道とは比べものにならないほど多い。本陣や脇本陣も充実しており、いわゆる遊郭も栄えており、江戸から通ってくる男衆も沢山いた。

「いやあ……こりゃ大層な賑わいだ……山猿も吃驚して卒倒しそうだ」

恵太郎は物珍しそうに眺めながら、通りを歩いていると、矢場に目が止まった。

いわゆる〝的当て〟だが、神社の縁日に見かける子供の遊びとは違い、この楊弓場には矢場女と呼ばれる接客係がいるが、実は娼婦でもある。景品も高価なため、いわば売春と賭博を兼ねているような店であった。ゆえに、天保の改革の一環として幕府も取り締まっている所である。

江戸市中では矢場の数が減ってきていたが、品川宿では、町奉行と勘定奉行の両方の管轄とはいえ、旅人も多いことから常習性はないとして、大目に見られていた。飯盛り女が、旅籠一軒につきふたりまで許されているのも同様である。

そんな事情など知らない恵太郎は、店先の矢場女に誘われ、面白そうな的当てに吸い寄せられるように入った。

「あら、お兄さん、いい男。腕も立ちそうじゃないか。お侍さんかい」

矢場女は値踏みするように、恵太郎の武家らしい姿を見た。女の方は派手な模様の着物で、艶っぽく着崩している。しかも厚化粧で、ポンポンと色気を振りまいている。だが、恵太郎は女のことなど何とも思わず、奥にある丸い的や糸に吊(つ)り下げられている扇や桐箱(きりばこ)、籠などを見ながら、

「あの的に、この矢で当てればよいのか」

「え、ええ……そうですよ」

「当たったら、何か貰えるのだな」

「もちろん。外しても、私のお尻に当てたら、二階でお相手して差し上げますよ」

「二階でお相手……二階にも的があるのか」

「あら、面白いお侍さん。なんなら余計なことをせずに、端(はな)から二階の的にしますか」

と言いながらも、矢場女は玩具のような小さな弓と、短い矢を十本ほど手渡した。受け取った恵太郎は真剣な顔になって、

「ガキの頃は、縁日で目当てのものを、ぜんぶ手に入れたことがあるのだ」

と弓に矢をつがえた。すると、矢場女が、

「赤い丸い的の真ん中に命中させたら、一両の賞金が出ますよ」

「なんと、本当か」

「はい。矢は十本でたったの四文。それが的の真ん中に当たれば一両ですよ。でも、ぜんぶ外れたら……」

「外れたらなんだ？」

「それは、後のお楽しみ。うふふ」

挑発するように笑って促すと、恵太郎はつがえた矢で狙いを定めて、射った。だが、矢は微かに上昇して、射場と的の間にある土間にストンと落ちた。的に届きもしなかったのである。

「難しいものだな」

恵太郎が二本目を狙っていると、矢場女は助言を与えるように、

「少し力が足りませんでしたね。もっと引いても大丈夫。ほら、ちゃんと狙って」

と言った。

「うむ。今度こそ……」

勢いよく放ったが、また矢はあらぬ方にシュルシュルと音を立てて飛び、天井に当たってから土間に落ちた。恵太郎は半ばムキになって次々と射るものの、やはり矢は蛇のようにくねくねと曲がって飛んだりした。

「おかしいなあ……」

次に手にした矢を、まじまじと見た恵太郎は、

「ふむふむ……この矢は真っ直ぐではなく、鏃や篦、そして羽根が歪んでおるのだな……なるほど、そういうことか」

「いやですよ、お兄さん。曲がってなんかいませんよ」

「構わぬ。こういう遊びであろう。なかなか的に命中させないための」

恵太郎は気にする様子もなく、残りの矢を射ったが、それでも当たらなかった。

「残念でしたね。太鼓を鳴らすことができませんでした」

矢場女がからかうように言うと、恵太郎は照れ笑いをしながら、

「いやはや、難しいものだな。これだけ手の込んだ仕掛けなら、大人も楽しめるな。これで四文なら安いものだ」

「では、全部外れたので、二階で次の的当てをお願いしましょうかね。お兄さんの立派なアレで私のを射止めて下さいな」

「む？　なんの話だ」

「言ったでしょ。当たったら一両、外したら後のお楽しみって……うふふ」

「いや、もう結構。四文でいいのだな」

袖に手を突っ込んで小銭を取ろうとする恵太郎に、

「冗談はよして下さいな、お侍さん。腰にはジャラジャラと音が鳴るほど立派な……それを使うために来たんでしょ」

二階では賭場もあるし、女遊びもできると、矢場女は体を擦りつけながら、耳元に囁いた。だが、恵太郎はまったく意に介さず、四文を支払おうとすると、奥の帳場で煙管（キセル）

を吹かしていた主人らしき中年男が、

「お侍さん。それはないでしょ」

と強面を上げるや、立ち上がって近づいてきた。まるで芝居の花道で六方を踏むような堂々とした態度である。

「敷居の中に入ったということは、そういうことですよね。まさか本当に的当てだけをしに来たわけじゃないでしょ」

「む……もしかして、矢場は表向きで、二階の奥では違うことをしているのか」

「そんなふうに言われちゃ身も蓋もありませんや。旅は恥のかきすてってことで、ちょいと立ち寄って下さいやし。腰の巾着もそこから出たがってますぜ」

「あ、これな……」

恵太郎は紐を緩めて、中身を見せた。

「石だ。平らな投げ石。ほら、川や海に投げて弾き飛ばすやつ」

「………」

「これでなら、的に命中できたかもしれないなあ」

「──ふざけたことを言うじゃねえか」

主人の形相が俄に変わった。

「いや、ふざけてない。やってみせようか」

巾着に手を突っ込んだとき、主人だけではなく、奥から人相風体の良くない若い衆が数人ぞろぞろと出てきた。いずれも遊び人風である。だが、恵太郎はいつものように動じるでもなく、突っ立ったままニコリと笑って、「邪魔したな」と表に出ようとした。しかし、出入り口を塞ぐように、若い衆が素早く立ちはだかった。

「ふむ……どうすればよいのだ」

「その巾着がただの石ころだとは思えない。全部とは言わねえ。幾つか置いていけ」

「ああ、ただの石ころじゃないよ。言ったであろう。投げ石だって」

恵太郎は素直に石を数枚取り出して、射場の台の上に並べた。

「てめえ、喧嘩売ろうってのか！」

若い衆たちが殴りかかろうとしたとき、スッと間隙を縫うように町娘が入ってきた。巻き髪に銀簪を刺しただけだが、妙に可愛げがあると見たら、

「なんだ。お蝶ではないか。おまえ、どうしてここへ」

と恵太郎が声をかけた。

だが、お蝶はそれにはこたえず、側に置いてある矢を一本取って、

「的に当てれば一両だよね」

と四文を置いた。

そして、素早く弓で構えて矢を放った。

矢はシュルシュルと明後日（あさって）の方に飛んだが、舞い戻ってきて、丸い的のど真ん中に命中した。その瞬間、矢場女が思わず「当たりい！」と太鼓を叩いた。

「では、一両、戴きましょうかね……と言いたいところですが、お遊びはここまで」

お蝶が真顔で言うと、主人は命中したことに驚きながらも、

「構わねえ。こいつら、痛い目に遭わせてやれ」

と声を荒らげた。

だが、お蝶は動じるどころか、ズイと前に出て、

「やめといた方がいいですよ。この御仁は、さる藩のお殿様です。世間知らずだから、金も持たず、こんな所をぶらぶらしていたのです。それとも、本当にやりますか」

と棒手裏剣を出して、シュッと的の方に向かって投げた。すると天井からぶら下げている糸を切って、景品の扇がハラリと落ちた。目を丸くした若い衆たちだが、何を思ったのか恵太郎は、

「おお。それはいい」

と笑いながら、自分も置いたばかりの石をシュッと連続で数枚投げて、景品の糸を次々と切り落とした。それほど投げ石は平らで刃物のように鋭いのだ。

あまりにも鮮（あざ）やかな手捌（てさば）きと、すべてを落として素直に喜んでいる恵太郎の態度に、主人も若い衆も、そして矢場女も啞然としていた。

——あまり関わり合わない方がよさそうだな。

と主人は判断したのであろう、若い衆たちに帰り道を開けさせた。

そのまま江戸に向かい、高輪の大木戸も無事に通り抜けた恵太郎は、〝花のお江戸〟は日本橋に行ってみたいと思ったが、お蝶は、

「その前に、与太郎様。まずは江戸上屋敷に参りましょう」

と誘った。

「与太郎ではない。恵太郎だ」

お蝶は無視して続けた。

「上屋敷は、麻布市兵衛町（あざぶいちべえちょう）という所にあります。前の藩主がいなくなってから、しばらくは江戸家老の田所（たどころ）様が何人かの家臣らといたのですが、老齢で亡くなってからは、残った家臣だけがいるそうなのです」

「だから、なんなのだ」

「与太郎様のご活躍で、なんとか荻野山中藩は立て直しにかかれます。さすがは家老職の古鷹家の御曹司だと感服しております」

恵太郎はその話はもうどうでもよいという顔になったが、お蝶は道々、現在の藩事情を伝えた。近藤は家老のまま、今村左平次とその配下の者も奉公を続け、鹿之助や猪三郎、猿吉、熊蔵らも仕官が叶ったという。もちろん、猪三郎が切腹したというのは、恵

太郎とお蝶が企んだ〝嘘〟だった。

「すべて、与太郎様のご配慮の賜です。これからは、服部様のもと二宮尊徳様の支えもあって、清之助様が元服するまで、藩は盛り立てられていくと思います」

「それはよかったが……なんで俺が、江戸屋敷に……」

「もちろん与太郎様が、江戸家老を任されたためです」

「誰に……」

「えっ。聞いてないのですか。服部様が小田原藩の重職に諮り、決まったことです」

「知らん。俺はただ一生の思い出に、江戸見物をしたいだけだ。飽きたら、箱根山に帰るつもりだ」

「とにかく、一度、上屋敷まで参りましょう。江戸見物をするにも、寝泊まりする所は要るでしょうから」

お蝶は強引に、武家屋敷が並ぶ麻布界隈（かいわい）まで連れていった。

この辺りに町屋はほとんどなく、江戸の中心地から少し離れて坂道が多かったが、ズラリと立派な大名屋敷が並んでいた。だが、辿りついた所は、周辺に比べて見窄（みすぼ）らしい門構えで、しかも風雨で壊れた壁ばかりの屋敷だった。それでも三百坪ほどの広さはあろうか。

「——ここか……」

恵太郎はとても大名の屋敷とは思えぬ、酷い傷み具合に驚いた。半分割れている表門を潜って入ると、庭中が雑草だらけで、何年も掃除されていない枯れ葉や枝などが散らばっていた。

母屋も蜘蛛の巣が張り巡らされており、屋根の瓦も一部、外れていた。人が住んでいる気配はまったくなく、江戸の上水道も通っていない様子だった。

「誰もいないじゃないか」

「……のようですね……おかしいなあ。二宮様が半年ほど前に来たときには、家臣がふたりと中間がひとりいたはずなのですが」

「まあ、俺にとっちゃ、こんな広い屋敷、立派すぎるし、不安で仕方がない。どこぞ、適当な長屋とやらを探すよ」

「これが藩の再興の第一歩ということで、私と一緒にここで暮らしましょう」

「おまえと一緒に……？」

「はい。とはいっても、御家老様と手下の密偵という関わりでございます」

「勝手に決めるなよ。この辺りで、もう俺のことは放っておいてくれないかな。お蝶……おまえの気持ちはありがたいが、ここでさらばといこう。達者でな」

踵（きびす）を返して歩き出す恵太郎を、お蝶は追いかけながら、

「待って下さいな、与太郎様……」

「恵太郎だ」

「いいえ。二宮様は、あなた様を御家老として、古鷹与太郎に改名し、小田原藩にも幕府に届け出たとおっしゃっております。この屋敷で、一から出直しましょう」

「勝手になんだ。しかも出直すって……俺は何も失敗なんぞしてないぞ」

迷惑がりながら振り返ると、修繕が必要そうな屋敷が否応なく目に入る。

「――しょうがないなあ……」

と恵太郎は溜息をついた。

そして、屋敷の方に戻って、「壊れた所だけ直してやるか」と呟いた。箱根山にいたときも大工仕事は得意で、神社はもとより、寺や屋敷など爺っ様と一緒に、よく修繕したものである。恵太郎は袖を捲(まく)り上げた。

「やはり、与太郎様は、世の中を立て直すために、箱根権現から使わされたお人なのですね。私、そう思います」

眩しそうに崇めるお蝶の声は聞こえなかったようだが、恵太郎は雑草だらけのオンボロ屋敷を見上げているにも拘わらず、なぜか嬉しそうに爽やかだった。

これから始まる、悲喜こもごもな江戸の暮らしの幕開けである。

第三話
与太郎侍

一

その昔は高台にあったので〝今井台町〟と呼ばれていたが、元禄年間から、麻布市兵衛町が、正式な町名となった。代々、庄屋だった市兵衛の名が由来である。もちろん、江戸町奉行支配地であるが、町屋はほとんどが借家である。

周辺の麻布には、相模荻野山中藩の他に、陸奥八戸藩、美濃高富藩、石見浜田藩、常陸下館藩など大名屋敷から旗本・御家人の御用屋敷が並んでいた。陽泉寺や不動院、少し離れて氷川明神など、由緒ある神社仏閣もあったが、江戸の賑わいとは縁がない土地柄だった。

その一角の屋敷内の縁側で、恵太郎はぼんやりと空を見上げていた。

江戸に来てからひと月が経っていた。

この間に、屋敷の壊れたところは修繕し、上水道を通して、庭の雑草もきれいに刈り取り、砂利などを敷き詰めていた。かつて枯山水があったようだが、小さな石橋や灯籠、鹿威しなどは残っているものの、武家屋敷らしい庭園ではなくなっていた。

しかも、家臣は辞めており、中間ひとりいない。がらんとした屋敷の中で、恵太郎は好き勝手に過ごしていた。傍から見れば、ぐうたらな若様みたいな境遇だが、今日食う米も充分ではない。世話役として屋敷内にいるお蝶が、何処からか用立ててきた食べ物はあるが、満腹とは程遠かった。

江戸に来てから、日本橋や両国橋西詰め、浅草や上野など繁華な所は一通り巡ったが、人が多いのに驚き、恵太郎は自分にとっては暮らしにくいところだなと思っただけであった。

その上、言葉遣いが悪い上に早口なので、田舎暮らしが長い恵太郎にとっては、聞き取ることができない。生き馬の目をぬくような所とは聞いたことがあったが、人とぶつかって謝りもしない土地柄だとは思わなかった。謝らないどころか、「どけッ。ぼさあっとしててんじゃねえぞ」と逆に怒鳴られる。

「やっぱり俺は、箱根山の奥の方が、性に合っているのだな」

ひとりごちたとき、お蝶が廊下を小走りで来て、

「与太郎様。来ましたよ」

と神妙な顔でありながら、どこか嬉しそうな声をかけた。

「む？　誰がだ」

「ご家来衆に決まっているではありませんか。ささ、ご一同、こちらへ」

廊下に控えて手招きすると、ドヤドヤと足音を立てて入ってきたのは、手っ甲脚絆（きゃはん）に荷物という旅姿も解いていない数人の侍だった。

寝そべっていた恵太郎が起き上がって振り返ると、覚えのある顔ばかりであった。

鹿之助に猪三郎、猿吉、熊蔵の四人である。今村左平次に唆されて、大磯の浜で恵太郎を襲った浪人たちである。正式に荻野山中藩に仕官したとは聞いていたが、また会うとは思ってもいなかった。

「なんだ、おまえたちか……一体、何をしに来たのだ」

恵太郎がつれない声をかけると、鹿之助たちは跪いた。いずれも月代（さかやき）を剃り、大名の家臣らしい風貌になっている。最も年配である痩せの大食いの猪三郎がズイと前に出ると、

「いつぞやは知らぬこととはいえ、大変なご無礼を働き、申し訳ございませんでした。此度、我々四人が、江戸上屋敷にて、古鷹与太郎様のお側に仕えるよう、近藤様から命じられて馳（は）せ参じました。至らぬところは数々、あるかと存じまするが、誠心誠意、御奉公致しますので、以後お見知りおきの上、宜しくお願いたてまつり……まちゅる」

と言った。流暢（りゅうちょう）に話していたが、最後の最後に舌を噛んで、「痛た……」と呟いた。

「慣れぬことは言わぬ方がよい。それにな、俺は与太郎ではなく、恵太郎だ」

恵太郎は正してから、みんなの顔を見ながら、

「なるほど。あの折に見たのとは大違い。浪人ではなく、立派な身分になったのだから、心を引き締めて頑張ってくれ」

と言うと、猪三郎たちは恐縮してハハアと両手をついた。

「これで安心して、俺も箱根山に帰ることができるというものだ。おまえたちが来るとは知らなかったが、そういうことなら、この屋敷をしっかり掃除してくれ」

「掃除……」

「まだ、あちこち片付いておらぬしな。存外広いので驚いた。あ、それより今村殿はどうした。一緒ではないのか」

「国元で、近藤様の用人として、若君を支えております」

「そうか。それは良かった。では……」

恵太郎が立ち上がると、鹿之助が声をかけた。

「どちらへ、いらっしゃるのですか」

「だから生まれ育った箱根山にだ。その前に、もう一度、冥途の土産に江戸見物をしてもいいが、どうも俺には性に合わない」

「冥途の土産って……」

酒飲みの猿吉は腰に下げていた徳利(とつくり)を差し出して、

「まだお若いのに、冥途って……さすがは与太郎様。冗談が面白すぎる。ささ、ここで会ったが百年目……いえ、それも間違った言い方ですな。再会を祝して、俺……いや拙者たちと祝いの杯を交わして下さいませ」

と、すぐにでも飲みたい顔つきになった。

「そうしたいのは山々だが、俺は酒は苦手でな。みんなでやってくれ」

廊下から玄関の方に向かおうとすると、大きな熊蔵が立って両手を広げ、まさに壁のように立ちはだかった。

「なりませぬぞ、御家老。あなた様は、これからも我が藩にとって、なくてはならぬ御方。どうか、私たちとともに戦って下さいますよう、平にお願い致します」

「平にって……そんなでかい体で見下ろされて言われてもなあ……」

「これは申し訳ございませぬ」

熊蔵が腰を屈めると、猪三郎が切羽詰まった様子で説明をした。

「実は……我が藩は、老中首座の水野忠邦様からも睨まれているのです。幕府はこれまでも、弱小の藩を潰してきましたが、ご存じのとおり、前の小田原藩主とはウマが合いませんでした。それゆえ……」

「だから、そんな話は俺には関わりない。悪いが、失敬するよ。ひと月、世話になった」

もう何も話は聞かぬとばかりに、恵太郎は玄関まで行くと、そのまま石畳を歩いて表門から出ていった。鹿之助は追いかけようとしたが、お蝶が止めた。

「大丈夫。後は私が……」

見張り役だからと後を追った。

猪三郎は旅の疲れもあってか、座り込んで溜息をつくと、

「この先、どうなることやら……服部様や近藤様はえらく心酔していたようだが、あれではは困ったものだなあ」

と嘆くように言った。猿吉や熊蔵も相槌を打ち、

「そうだな。あのとき、打ち倒しておれば、こんなことにはならなかったのにな」

「馬鹿。何を言う」

「箱根の山の中に帰りたいっていうのだから、好きにさせてやればよい。その上で、俺たちの中から、江戸家老か江戸留守居役にしてもらったら、よいのではないか」

「だな……」

などと荷物を下ろして片付けながら、相変わらず冴えない者同士の話をしていた。

表に出ていった恵太郎を追いかけたお蝶は、坂道を下りながら、何とか屋敷に戻るよう嘆願した。が、まったく恵太郎にはその気がなく、箱根山に戻りながら、またあてのない旅に出るつもりであった。

「与太郎様。あなたがどういう心づもりであっても、世の中の動きには抗えないもので

ございます。そう、大きな川の流れのような、運命(さだめ)なのです」

「だとしたら、川の流れに乗って、浮き草のように流れるまでだ。お蝶……止めても無駄だ。俺に好きに生きよと、爺っ様は言ってくれたのだからな」

「では、どうするのです」

「どうもしないよ。はは……おまえたちが、そう呼ぶように、与太郎の方が相応しいかもしれないなあ。あはは」

突き放すように言って、〝古鷹与太郎〟こと、恵太郎は先に進んだ。その背中に、お蝶は大声で、

「お金はどうするんです。降って湧いてくるわけじゃありませんよ」

「なんとかなる。天下の廻りものって言うではないか」

「まったく暢気なんだから……お金はある人の所でグルグル廻るだけです」

「そうなのか？　ま、そうかもな、はは」

まったく意に介さない恵太郎を見て、お蝶は呆れていた。旅の途中、人のために金を使ったことを何とも思っていないのであろうか。不思議で仕方がなかった。

「お蝶……おまえも〝くの一〟なんぞという物騒なことはやめて、良い男と一緒になって幸せに暮らす方がよい」

「ええ……？」

「まだ若いのだから、好きに生きろ。まさか、今村が許さないわけではあるまい」

「私のことはよいのです。それより……」

「俺のこともよい」

「そうはいきません。先程、猪三郎さんが言っていたように、水野忠邦様が我が藩を潰しにかかっていることは事実です」

　懸命に引き止めるように、お蝶は言った。そのために、江戸上屋敷もきちんと立て直さなければならないという。幕府の動きを探るためである。

「そのことに、あの松波四十郎も関わっているかもしれないのです」

「松波……そういや得体の知れない人だな。だが、やはり俺には関わりがない。すまぬな。悪く思うな」

　恵太郎は微笑みかけると、飄然と先へ進むのであった。だが、お蝶はその背中に声をかけ続けた。

「私、諦めませんからね。あなたを引き止めるためなら、どんなことでもしますから。絶対に放しませんから」

　しだいに大声になってきた。お蝶の声は、近くの辻番(つじばん)の番人によく聞こえたようで、ニヤニヤと見ていた。視線に気づいたお蝶は、少しはにかんだようになったが、

「えっ……違いますから……そういうのじゃないですから……」

と頬を赤らめて、離れたまま恵太郎の後を尾け続けた。

二

日本橋の袂から、南にまっすぐ伸びる本通りの両側には、大店がずらりと並んでおり、遥か向こうに富士山が見える。丁度、商家の屋根の上に乗っているように拝めるのだが、見事としか言いようがない。

恵太郎は改めて、その絶景に見惚れていた。自分の暮らしや箱根の山も、その方向にあると思えば、感慨深いものもあった。

「ああ、凄い……箱根山のすぐ近くから見上げる富士も、大山からの景色もいいが、人々が大勢暮らす、繁華な所から眺めるのもまた、なんとも言えんなあ……」

江戸に来たばかりのときにも驚いたが、この場所からの眺めだけは、何度見ても美しいと思う。江戸っ子にとっては見慣れたものなのだろう。改めて拝んでいる者は少ない。それとも目先の仕事に追われて、まるで牛馬のように働き詰めであるからであろうか。

その川沿いにある高札場の前から、奇妙な濁声が聞こえてきた。美しい富士の姿を汚し消すような声だが、通りがかる者たちはほとんど誰も振り向きもしない。

恵太郎が見やると、よく神社境内の縁日などでやっている大道芸人のようないでたちの浪人がいた。鉢巻きに襷がけの蝦蟇の膏売りである。

「拙者、武蔵浪人、逢坂錦兵衛というしがない者……しがない者だが、がま口……いや蝦蟇の膏にだけは、ちとうるさい……うるさいといっても、声がうるさいわけではない。さあて、お立ち会い」

と口上を述べているが、不慣れなのか、どうもぎこちない。顔だちは、なかなかの強面で、体つきもガッチリしており、いかにも剣術の腕前は凄そうに見える。

天災飢饉や幕府の改革の煽りを食って、諸藩の事情も悪化したせいで、江戸には浪人者が増えた。百姓などは〝人返し令〟で、出稼ぎ人を村に強制して帰していた。これは江戸市中で貧民が増えるのを防ぐと同時に、年貢米を作る農民を減らさない施策である。だが、浪人に対して〝人返し令〟は適用できない上に、仕官できる藩もないので、当然のように増えていたのだ。

特に手に職のない浪人は傘張りや提灯作りの手伝いをするくらいしかない。町道場や手習い所で師範になっても手当ては少ない。挙げ句の果てに、やくざ者の用心棒に落ちるのが関の山である。こうして、大道芸人の真似事をするくらいしか、糊口を凌ぐ手立てはなかったのである。

その蝦蟇の膏売りの浪人の隣には、武家娘姿の女がいる。浪人と父娘であろうか。逢坂と名乗った浪人が売り口上を発すると、俄漫才(にわかまんざい)の間(あい)の手(て)のように、調子よく軽やかな声を挟んでいた。

「さあて、お立ち会い！　手前、ここに取り出したるは、ええ……陣中膏は、し、四六(しろく)の蝦蟇だ」

「四六の蝦蟇だよ」

　武家娘の間の手が入る。

「四六の蝦蟇といっても、田んぼや縁の下にいる、そんじょそこらの蝦蟇とは違うぞ。ええと、あれは、上総(かずさ)の……」

「常陸ですよッ」

「常陸の国といえば、関東の霊山……ええ、筑波山(つくばさん)で獲れたての四六の、が、蝦蟇だ」

「ヨヨッ。さてさて、皆さん、足をお止めになって、篤とごろうじろ！」

　娘の声に煽られるように、逢坂は懐から取り出した半紙を数枚重ねたものを、半分に折って口に咥(くわ)えた。おもむろに刀を取り出して、まずは半紙にて、刀の切れ味を披露して、はらりと風に舞わせた。

　そして、すぐに威勢よく自分の腕を切って血を見せた。とたん、

「あッ……痛い痛い……いや、痛くない……我慢の蝦蟇だ……よいか篤と見ておれ、こんちくしょう……」

と言いながら、蝦蟇の膏を傷に手際よくサッと塗り込んだ。

「ええ……手前の蝦蟇の膏を塗れば、三つ数えぬうちにピタリと……」

「ピタリと——！」

また娘がさらに甲高い声で、調子を合わせたが、逢坂は悲痛な表情になり、眉を歪めて肩を傾けながら、

「……痛い……ええと……これは、痛い……止まらぬ……血が止まらぬ……痛い痛いッ。ちと、強く切りすぎた。あたた……」

思わず傷口を舌で舐めようとするが、まったく届かなく、あたふたとするばかりであった。間抜けな姿を、通りすがる人は横目では見るものの、

——またやってらあ。

という程度で無視をしていた。

見ていたのは恵太郎くらいで、思わず大笑いしたときである。

日本橋をぞろぞろと渡ってきた数人の旗本奴（はたもとやっこ）風の侍が、馬鹿にしたような顔で近づいてきた。いずれも癖のありそうな面相だが、まだ十七、八の若者ばかりであろうか。まるで歌舞伎役者のようないでたちで、大小の刀は朱鞘（しゅざや）で揃えてある。

「また来た……赤鞘組だ……」

厄介な奴らが来たとばかりに、近くにいた町人たちはすぐに避けて、目を合わせるこ

ともなく、遠巻きに見ているだけであった。

旗本奴というのは、江戸の初期、まだ戦国の風潮が残っている頃、旗本の子弟らが派手な衣装を着て、〝傾き者〟と自ら称して徒党を組んでいた無頼の輩である。後に、歌舞伎にもなっている水野十郎左衛門が有名だが、対して町奴という輩もいて、幡随院長兵衛がよく知られていた。

そんな古風な無頼の徒を真似て、繁華な町中を真っ昼間から、肩で風切って歩いているのは、不景気な世相を映していた。

「相変わらず下手くそな口上だな。聞いている方の耳が腐るぞ」

旗本奴の頭目格らしき侍が声をかけた。顔がハッキリと分からないほど、遊女のような白粉を塗り、紅まで差している。明らかに常軌を逸しているが、逢坂は相手が誰かすぐに分かったのか、

「これは、速見の若様……見廻りご苦労様でございます」

と深々と頭を下げた。

「皮肉か、おい。おまえも、つい去年までは武蔵片倉藩の江戸詰藩士だったのに、蝦蟇の膏売りとは落ちぶれたものだな」

「いえ、こうでもしないと暮らしていけないので……いずれお父上を継いで御目付になられる速見様とは身分が違います。でも、慣れれば楽しいものでございます」

「慣れてるようには見えぬがな。こんなことをしなくても……」

速見と呼ばれた旗本奴は、嫌らしい目つきでチラリと娘を見て、

「おまえの娘が幾らでも稼いでくれると思うがな」

と曰くありげに言った。

「のう、加奈……俺の側室になれば、父上がかような真似をせずとも済む。どうだ、今日こそ色よい返事をくれぬか」

「お断りしたはずです」

加奈と呼ばれた娘は、あからさまに嫌悪の表情となって、逢坂の背中に隠れた。

「恥じることはない。昔から、御家安泰のために、武家に奉公に出ることはよくあったことだ。しかも俺の側室だぞ。奥の女中とは違う。のう、可愛がってやるゆえ。ささ……照れることはない。ういおなごじゃ」

強引に加奈の手を摑む速見を、加奈は思い切り振り放して、

「ご勘弁下さいまし……」

「いやいや、ご勘弁下さらぬぞ。これも父上のためだ。俺の側室になれば、逢坂錦兵衛は、我が速見家・旗本三千石の家臣になれる。親思いの加奈なら……のう、分かるであろう」

さらに抱き竦める速見に、逢坂は何か言おうとするが、気が弱いのか言葉が出てこな

い。他の旗本奴たちも囃し立てると、速見はさらに調子に乗って、加奈の頬や耳朶に唇を寄せて下卑た笑いを洩らした。

「父上……お助け下さいまし、父上……」

悲しみを帯びた声を上げる娘を目の前にして、父親は俯いてしまった。そして、離れて背中を向け、

「――ゆ、許せ、加奈……速見様に可愛がられれば、おまえも幸せになろう。俺のような下らぬ父親と一緒にいれば、それこそ一生、嫁にも行けぬ」

「案ずるな、加奈……必ずお父上は、我が速見家の家臣にしてやるゆえ、かような大道芸などやることもないのだぞ……さ、加奈、参ろう、参ろう……今すぐにでも、おまえを抱きたくて、うずうずしておるのだ」

速見が声をかけると、他の旗本奴が加奈を御輿のように抱え上げ、その場から立ち去ろうとした。醜い乱暴狼藉に対して、野次馬たちは知らん顔をしており、肝心の父親も苦しみながらも俯いたままだった。

そのときである。

「待ちなさい、旦那方」

声あって、野次馬の後ろから飛び出してきたのは、誰であろう、恵太郎であった。総髪髷ではあるが、羽織袴というそれなりの格好をしているので、どこぞの若様に見える。

「真っ昼間から、少々、酔っ払っておるようだが、ご立派な旗本が、人の弱味に付け込むような阿漕(あこぎ)なことはいけないなあ」

顔だちは公家のようにおっとりとしており、声ものんびりとしているが、スッと伸びた背筋の偉丈夫に、速見たちは足を止めた。旗本奴たちは加奈を地面に下ろして、「俺たちに逆らおうってのか」とばかりに恵太郎を取り囲んだ。

——これはまずいことになった、赤鞘組を相手に啖呵を切るとは、殺されても文句は言えないぞ……。

という雰囲気が、通りがかった人々の目に映っていた。

「何者だ。関わりない奴は引っ込んでおれ」

「関わりある。俺が見かけた」

「からかっておるのか。旗本三千石、目付頭が一子、速見達之助(たつのすけ)と知って、突っかかってきているのだろうな」

「知らん。野暮と疣(いぼ)には、蝦蟇の膏を塗った方がよさそうだ」

「なんだと」

「そんな偉い御旗本が、こんなか弱い娘さんを手籠めにしたことは、粋じゃないね。それにしても、みんな何で知らん顔しているのだろう。こんなに娘さんが困ってるのに。お父つぁんもお父つぁんだがな」

「この無礼者！」

赤鞘組と呼ばれる他の者たちが、腰の刀に手をあてがって、

「手籠めとは、聞き捨てならぬぞ」

「だけど、どう見ても、娘さん本人が嫌がってるではないか」

「身の程知らずが、構わぬ。何処の誰か知らぬが、痛い目に遭わせてやれ」

俄に人相が険しくなった速見が叫ぶと、家来たちは奇声を上げながら、恵太郎に殴りかかった。が、ひょいひょい避けて、摑んだ腕を握ったり、胴を抱えたりして投げ倒した。そのあまりに素早い体捌きに、野次馬たちから「おお！」と声が上がった。

「貴様ぁッ……許さぬ！」

と今度は抜刀した家来たちが、乱暴に斬りかかるが、それでも恵太郎は事もなげに反撃して拳骨を浴びせた。自分の小太刀を抜くこともなく、家来の刀を奪ってビシバシと峰打ちで、飛び掛かってくる者たちの肩や背中を打ちつけた。

「これ以上やるというなら、もう手加減はしないよ」

粋がっていても、所詮は父親の威光を笠に着て偉ぶっているだけであろう。速見はすっかり腰が引けていた。

「今日のとこは見逃してやる。だが、この貸しは高くつくぞ。人を食ったようなその面、篤と覚えておくから、覚悟しておけ」

速見が足早に立ち去ると、家来たちも足を引きずったり、腰に手をあてがいながら、そそくさと追いかけた。

「よっ。大将！」

野次馬たちから声が上がり、拍手喝采が湧き起こった。

恵太郎はちょこっと舌を出して見送ってから、逢坂の手を握るや、怪我をしている所に手際よく蝦蟇の膏を塗ってやり、

「蝦蟇の膏だ。三つ数えぬうちに……ほら、止まった、止まった！」

と野次馬たちに「どうだ」とばかりに披露した。

「あ、本当だ……」

逢坂は我ながら吃驚して、止血したところを見つめていた。

「箱根山の俺の村でも、質のいい蝦蟇がいて、色々なことに役に立つのだ」

と笑う恵太郎に、加奈は思わず近づいて、熱いまなざしになり、

「どうも、ありがとうございました。助かりました」

と深々と礼を言ったが、逢坂は気まずそうに見ているだけだった。その逢坂の様子を、恵太郎は特に気にすることもなく、

「旦那。せっかくの上等な蝦蟇の膏が、あれじゃ台無しだ」

と逢坂から刀を取りあげ、恵太郎はなぜか名調子で、

「さあさあ。御用とお急ぎのない方はゆっくりと聞いておいで。遠目、山越し、笠の内、聞かざるときは物の文色と理方がとんと分からない。さあ、遠慮はいらないから遠くの人は近くへ、近くば寄ってごろうじろだ。ただ今より陣中膏は蝦蟇の膏売りの始まりだァ」

喧嘩を見ていた野次馬はもとより、通りがかりの出商いや近所の町人、茶店娘なども、吸い寄せられるように集まってきた。その中には、芸者風の女もいて、恵太郎を間近で見ようと前に出てきた。

「てまえ、取り出しましたるは、陣中膏は四六の蝦蟇だ。縁の下やそんじょそこらの蝦蟇とは蝦蟇が違う。あんなものは、薬石効能がない。手前のは常陸の国は関東の霊山筑波山で獲れた四六の蝦蟇だ。四六五六はどこで分かるか。前足の指が四本、後ろ足の指が六本。これを名付けて蟇蟬噪は四六の蝦蟇。一年のうちに、五月、八月、十月に獲れるところから、一名、五八十は四六の蝦蟇ともいう」

流暢な名調子にヤンヤヤンヤの拍手喝采が起こると、恵太郎はサッと小太刀を掲げてポーズを決めた。

「兄さん、かっこいい!」「ヨッ、いい男!」「こっち向いて!」

などと、まるで歌舞伎役者にかける大向こうのような声が飛んできた。

「てまえ、これに取り出したるはご存じ正宗の名刀。えい! と抜けば夏なお寒き氷の刃(やいば)。つらんてんとん玉と散る。刃は零(こぼ)れない、錆(さび)ひとつない。鈍刀鈍物(なまくらもの)とは訳が違う」

　半紙を切りながら、

「一枚が二枚、二枚が四枚、四枚が八枚、八枚が十六枚……ええい、面倒だ。一束(いっそく)と二十八枚！　上へ吹き上げるれば、比良(ひら)の暮雪か嵐山(あらしやま)は落下の舞……」

　格好良く振る舞っている恵太郎を、遠目に見ていたお蝶は呆れ顔で、

「どこで、あんな芸当を……子供の頃、箱根神社に来てたのかな、大道芸人……それにしても、あの娘の目が気になる……」

　と呟きながら、加奈を見た。その瞳は、運命の人にようやく出会ったというように、キラキラと燦めいていた。

三

　同じ日の夕刻、とっぷりと日が落ちて、日本橋の川を往来していた川船も姿を消し、辻灯籠がぼんやりと浮かんでいた。

　辻灯籠が照らした顔は、すっかり白髪だらけの髷の羽織姿の侍で、後からまだ若い中間がついてきている。どこぞの身分の高そうな雰囲気の侍は、落ち着かない様子で辺りを見廻しながら、

「参った……どうしたら、よいものか……このままでは、腹を切らねばならぬ……」

と悲痛な声を洩らしていた。

「御家老……田嶋様……そんなに思い患わなくても、必ず出てくると思いますよ」

「何を言うか、文吉。もっと真剣に探せ。そもそも、おまえがあんな所に仕舞い込んだから盗まれたのだ」

田嶋と呼ばれた武士は、文吉という中間に八つ当たりするように声を強めた。だが、文吉は文句も言わず、ただただ慰めるように、優しく声をかけていた。

頭を抱え込みながら、田嶋は深い溜息をついて、

「まこと困ったもんじゃ。どうすればよいのじゃ……」

「ですから、そう思い詰めてばかりいると、ただですら体が弱っておいでですのに、心まで病んでしまいますよ」

「これが病にならずに、おられようか。いっそ、卒倒して死んでしまいたい。ああ、死んだ方がいいッ」

「馬鹿なことを言わないで下さいまし」

「いや、死ぬべきだ。上様から拝領したあの茶壺を、しょうもない盗っ人に奪われたなんてことが、万が一、将軍家に知れたら、我が武蔵片倉藩、永井家はお取り潰しになろう……そうなったら、この田嶋軍兵衛、江戸家老として……ああ、考えただけで、息が

苦しくなってくる。ゲホゲホ」

　足下がふらふらとなる田嶋を支えながら、文吉は懸命に、

「どうか、心を静めて下さい。私が何とかします。ご家臣の方々も探して下さってます
し、きっと何処かに手がかりはあります。なにしろ、盗んだのはあの〝ムササビ小僧〟

なんですよ。ええ、ムササビの絵入りの手拭いを蔵の中に置いておりましたから」

「そんなもの分かるものか。別の誰かが押し込んで、〝ムササビ小僧〟のせいにしたの
やもしれぬではないか」

「かもしれませんが、町方も追いかけている盗っ人なら、きっと見つかるのに、そんな
に時はかかりませんよ」

　文吉は気遣いながら、必ず見つかると励ますが、

「適当なことを言うな。おまえはそうやって、いつも気軽に考えているから……」

　と田嶋は胸を押さえて、路肩にへたり込んでしまった。

「大丈夫ですか、田嶋様……」

「く、苦しい……く、薬を……印籠から、薬を……」

　田嶋は喘ぎながら、帯に挟んでいた薬の入った印籠を手探りするが、何処にもない。

文吉も一緒になって探すが、見当たらない。

「……何処かに落としましたかね」

「そ、そんな……このままでは、し、死んでしまうではないか……ああ、痛い……まだ、し、死にとうない……ああ」

「今し方、腹を切るだの死んだ方がいいとか、言ったばかりじゃないですか。覚悟ができてるのではないのですか」

「ば、馬鹿もの……なんということを……それでも、私の中間か……本当に死んだ方がいいというのか」

取り乱す田嶋を、文吉は抱えながら、

「心配しているに決まってるじゃないですか。しかし、困ったな……」

と呟いたとき、湯上がり気分のような、実に暢気そうな声が聞こえてきた。

「ええ……屑いい……屑う……ういい……要らなくなった鍋に薬缶……ういい……割れた茶碗に花瓶、丼に俎板はないかえ……ういい……ええ、屑いい、屑う……ういい」

とっぷり暗がりが広がっているのに、まだ働いている者がいるのかと、文吉は感心していたが、我に返ったように駆け出し、

「屑屋さん、屑屋さん……」

「へえへえ、なんでござんしょう」

暗闇から現れたのは、中年ふたり組の屑屋であった。ひとりは小柄で、もうひとりはその倍くらいの大きな体つきをしている。ふたりとも大きな籠を背負っており、随分と

重そうだった。腰にも薬缶などをぶら下げている。

「ええ、屑いい、屑う……ういい……いらなくなった甕に壺……ういい……割れた茶碗に壊れた鍋、錆びた薬缶、壊れた鍋……ういい……割れた丼、潰れた薬缶……なんでも買いますよ……ういい……」

「違うんだ……助けて欲しいんだ……」

道端に座り込んでいる田嶋の姿を見て、屑屋の小柄な方が言った。

「紙屑ならいいが、人間の屑はいらないよ」

「おい……」

文吉が何か言いかけると、屑屋はニッコリ笑った。

「冗談ですよ。大丈夫ですかい」

「気付け薬がないかな……うちの御用人様が急に……」

「ありやすよ、へえ」

屑屋は自分の薬籠を差し出して、

「どうぞ。お使い下さい。私たちも商売柄、何があるか分からないから、どうぞ」

「これは、ありがたいッ」

文吉は薬籠を受け取ると、そこから小さな丸薬を掌に取り出して、田嶋に飲ませてやった。田嶋は縋るように丸薬を口にして、「苦い」と言いながら眉間に皺を寄せた。

「さあ。飲み込んで下さい」

と心配そうに文吉は言ったが、田嶋は顔を顰めるだけだった。

それを見ていた大柄な方の屑屋が、

「ういい……」

と突然、奇声を上げた。獣のような声だったので、文吉は腰が抜けそうになったが、その声に驚いて、田嶋は丸薬をゴクリと飲み込んでしまった。

「寅三。おめえ、さっきから、俺の売り言葉の後に、〝ういい〟しか言ってないじゃないか。しゃんとしろよ」

「ういい……二日酔いでな……」

「ゆうべのが、こんな夜まで続くかよ、馬鹿。ちゃんと仕事しろ」

「うるせえ、蜂五郎。てめえ、誰のお陰で……ういい……」

妙なふたりだと見ながらも、文吉は薬籠を返しながら礼を言ってから、

「ちょいと尋ねたいことがあるのだが」

と声をかけると、小柄な蜂五郎の方が、「へえ、なんで、ござんしょ」と腰を深く折って訊き返した。

すぐに、文吉は絵図を見せながら、

「かような壺だがな……なんとも上質な色合いの茶壺なんだ。もし、何処かで見かけた

ら、教えてくれないか。大きさは、これくらいかな……二尺幅くらいある、けっこう立派で重いものだ」

と言うと、寅三の方が「アッ！」と声を上げた。

「知ってるのかッ」

「これは、何処にでもよくあるっちゃあ、よくある茶壺だな。なんとも品のない柄」

「ぶ、無礼だぞ……これは将軍家より賜った……」

文吉が言いかけると、田嶋は「よせ」と首を振って、

「ゴホゴホ……とにかく、このような壺を見つけたら、番町の武蔵片倉藩の上屋敷まで持参致せ。さすれば、五両……いや十両の褒美を取らせてつかわす」

「ええッ。じ、十両!?——び、吃驚仰天！……この絵図は、鯉の滝登りですかい」

「愚か者。どう見ても、天に昇る龍であろう。なんとかいう名人が作った幻の名器と言われる、〝龍吟の茶壺〟じゃ。壺の口に耳を当てれば、ヒュウヒュウルルと龍の声が聞こえる。それゆえ、龍吟の茶壺。もし、何処かで見つけたら、頼んだぞ」

「なんとかいう名人、ですか……」

「知らん。もう何処かに売り出されているやもしれぬ。書画骨董に詳しい奴にも話してよい。頼んだぞ。見つけても決して、自分たちで勝手に他に売るなよ。さようなことをすれば、斬る」

「酷いなあ。今、気付け薬で助けてやったのに、殺す気ですか」

「そのくらい大切なものなのだ。心して探すがよい。分かったな」

偉そうに言って田嶋が立ち去ると、文吉も「よろしくな」とふたりの肩を叩いて、追いかけていった。

蜂五郎と寅三は顔を見合わせて、嬉しそうにくすくすと笑い出した。

「おい、蜂五郎。十両だってよ」

「うはは。今日から、この茶壺だけを探すぞ。いいな、寅三……ええ、茶壺はないかえ。ええ、鯉の滝登りに似ている、天に昇る龍の茶壺はないかえ。屑いい……」

「ういい……」

ふたりの姿は、すぐ近くの赤提灯の前を通り過ぎて、闇夜の中に消えていった。

赤提灯には、小料理『蒼月(そうげつ)』と書かれており、暖簾(のれん)が掛かっていた。呉服屋・白木屋(しろきや)の裏手にある平松町、人通りから一筋入っているせいか、昼間の喧騒が嘘のように静かだった。

店内には白木一枚の付け台があって、その奥が板場になっており、鉢巻き姿の板前が包丁で魚を捌いていた。隣には、女房らしき女が盛りつけの手伝いをしたり、料理を客に差し出したりしている。

三十路(みそじ)過ぎの仲の良い夫婦者にしか見えないが、主人はかつて遊び人だった風情が残っており、女房の方も芸者でもしていたような、いわゆる小股の切れ上がった女である。

店の奥の小上がりには——。

恵太郎がいて、逢坂が手酌で酒を傾けていた。逢坂はほろ酔いだが、強面の上に真面目な顔のままで、

「さあ、もう一杯……」

と勧めたが、恵太郎は手を振って断った。

「俺は下戸同然でね。おちょこに一、二杯ならいいが、どうも体に合わないんだ。茶を啜っているから、勝手にやってくれ」

「さようか、では……おい、銀平。もう一本、燗酒を頼む。徳利でな」

逢坂が小上がりから身を乗り出して、付け台の奥に向かって声をかけると、女房の方が振り返った。

「逢坂の旦那。そんなに飲んで大丈夫なんですか。また加奈ちゃんに叱られますよ」

「今日は特別だ、お恵……しかも、ぜんぶ俺の奢りだ。ふはは」

上機嫌で言った逢坂に、恵太郎が尋ねた。

「女将さんは、お恵さんなんですか」

「ああ、そうだ。女将は、深川の鉄火芸者の売れっ子だったんだ。なあ」

「そんなことないですよ。昔のことです」

お恵は改めて恵太郎の顔をまじまじと見て、

「なんとも上品な御方ですねえ。逢坂の旦那とは大違い。失礼ですが、お名前をお聞きして宜しいでしょうか」

「恵太郎というのだ、古鷹恵太郎。恵むに太郎だ」

「おや。だったら、同じ字ですよ。わあ、なんだか縁を感じます。だって、逢坂の旦那が、こんな若様風の旦那を連れてくるなんて珍しいから、もしかして、加奈ちゃんのいい人かと思っちゃったわ」

逢坂も吃驚して、ふたりの顔を見比べながら、

「そうでしたか。姓は古鷹様だと聞いてましたが、名は恵太郎様でしたか……恵太郎様に、お恵……ややこしいが、たしかに奇縁だ」

と笑った。お恵が「ごゆっくり」と立ち去ると、逢坂は改めて手をついて、

「かたじけない。おまえさんのお陰で、蝦蟇の膏がすべて売れた……これで溜まりに溜まってた長屋の店賃(たなちん)が払える」

「それは、よかったが、そんなに溜まってるのですか」

「ああ、半年程な……世話になった上になんだが、ご指南下さらぬか」

「何をです」

「あの啖呵売みたいなやつだよ」

「子供の頃、縁日で見たのを覚えていただけで、ほとんど出鱈目だ……それより、娘を生贄にしてまで、仕官したいってのは、人道に悖ると思うが……」

「面目ない。だが、背に腹は代えられぬのでな」

「子細があるようですね。よかったら話してみてくれませぬか」

初対面なのに、いきなり事情を訊いてくる恵太郎に、逢坂は一瞬、戸惑ったような顔になった。が、恵太郎は別に他意はなく、ただ子供のように「どうして？」と疑問に思っただけのようで、目の前の鰻の蒲焼きをパクパクと食べている。恵太郎のそんな態度を見て、思わず笑った逢坂は、

「実は拙者、ある大名の江戸屋敷の家臣だったのですが、クビになってな」

「そんなことを、さっきの奴らが話してましたね……なんで、また」

「財政が厳しくて、拙者のような役立たずの下級武士から順番に……」

「自分で役立たずなどと言ってはいけない。でも、どの藩も同じような事情だ。それで、蝦蟇の膏売りを」

「他にできることもないしね。剣術の方も並なら、学問の方もそこそこ……なんとも情けない限りだが、いつかはまた主君に仕えるときがくると信じて、江戸屋敷の近くの長屋に住んでいるのです」

「〝いざ鎌倉〟のときに駆けつけられるようにですか」

「そういうことだ。たとえ藩士でなくなっても、二君に仕えずという思いから、この身が果てるまで、お側にいたいのだ」

届いた熱燗を、逢坂はグビグビっとやってから、深く溜息をついた。

恵太郎にはサッパリ理解できないことだらけであった。小田原藩と荻野山中藩の騒動に直に関わっただけに、逢坂の気持ちは分からぬでもないが、武士というものはそんなにガチガチに生きなければならぬのかという思いの方が強かった。

「折角、大稼ぎさせて貰ったのに、なんだか湿っぽくなった。あなたは飲まないようだけど、せめて、もう一杯」

「俺はもういいから、娘さんの所へ帰った方がいい。昼間の連中が、また悪さしに来ないとも限らないし」

恵太郎がそう言うと、逢坂は俄に心配になったのか、

「何から何まで、かたじけない」

と徳利を置いて、頭を下げてから、慌てたように店から出ていった。

「毎度、ありがとうございました。逢坂の旦那に付けておきますからねえ。踏み倒さないで下さいましよ」

お恵は暖簾の外まで見送ってから、小上がりまで戻ってくると、

「古鷹様……旗本奴の赤鞘組には、関わらない方がいいですよ。悪いことは言いません

から、知らん顔しときなさいな」

　と忠告した。

「随分と厄介な奴らのようだな。しかし、根っから悪い奴なんぞ、めったにいない」

「あいつらは桁外れですよ。地廻りのやくざ者よりタチが悪くって、なんだかんだと因縁をつけて店を潰したり、借金を押しつけて、若い娘を女郎屋に売り飛ばしたり、町のダニですよ」

「ダニか……それは困ったもんだな。町奉行所のお役人は何も咎めないのかい」

「そりゃ無理ってもんですよ。だって、旗本ですよ。今時、旗本奴だなんてお笑い種ですけれどね。たかが町方与力や同心が、旗本には何も言えませんよ」

「じゃ、誰かが懲らしめて、立ち直らせなきゃならないな」

「ですから、立ち直るような奴らじゃないですって。本当は将軍様が成敗するのが、一番、いいと思うんですけれどね」

「アハハ。女将さんは剛毅だなあ」

　恵太郎はいつものように子供のように話を聞いていただけだが、お恵の方はしだいに頬が触れるほど近づいてきている。しかも、うっとりした顔で、

「近くで見れば、いい男……恵ちゃん同士の出会いを祝して、今夜はゆっくりと、飲み明かしましょう。ねえ」

と手にそっと触れた。

「あ、いや……ご主人がほら……」

恵太郎が付け台の方を指すと、お恵は笑って、

「やだあ、旦那さんじゃないよ。雇っている板さんだよ。もっとも、ふたりとも色々と訳ありだけどね」

と言うと、銀平はニコリともせずに、

「若いお武家さんをからかっちゃいけやせんや、女将さん」

「お客がいなくなったんだから、三人でやりましょうよ。さあさあ」

無理矢理、お恵は酒を勧めたが、恵太郎は頑なに断っていた。だったら、「口移しで飲ませちゃおうかな」などと、お恵はふざけるので、恵太郎は仕方なくもう一杯だけ飲んだ。とたんに、目の前がくらくらしてきた。

そんな様子を——格子窓越しにお蝶が見ていた。

「昼間は小娘に、夜は年増……なんて、ふしだらな……早く国元に帰さねば」

悔しそうに袖を嚙みながら、店の中に踏み込もうとした。が、路地の裏手に人影があるのを見て、思わず覗き込んだ。

柳に隠れるように、店のことを窺っていたのは、昼間、逢坂錦兵衛と加奈父娘を狙っていた赤鞘組のひとりだと、お蝶にはすぐに分かった。

その侍は気配を感じたのか、顔を伏せるように店から離れた。お蝶は、恵太郎のことが気がかりながら、後を尾けたのだった。

四

その夜、遅くなってのこと。すっかり後片付けをした銀平が、ひとりで付け台の前に座って杯を傾けていると、若い職人風の男が入ってきた。

暖簾はとうに下ろしてあるから、断ろうとして、男の顔を見るなり、銀平は苦虫を噛んだように表情が歪んだ。

「なんだ、仁吉(にきち)か……おめえに食わせるものはねえよ」

ほんの一瞬、昔、悪さをしていた頃のような目つきになって、銀平は睨みつけながら吐き捨てるように言った。だが、仁吉と呼ばれた若い衆も慣れっこになっているのか、

「昔馴染(むかしなじ)みじゃないですか。そう邪険にしねえで、どうかお願いしやすよ。あっしは、銀平さんの下でなら、どんなことでも我慢しますから。ねえ、兄貴い」

と頼み込んだ。その顔はまだ童顔といってよいくらい幼さが残っている。だが、ちょっとしたことで喧嘩に明け暮れていたのであろう。顎や頬は生傷だらけである。

「おまえに兄貴と呼ばれる筋合いはねえよ」

「殺生なことを言わないで下さいやし。ふたりして、あんなことやこんなことをした仲じゃないですか」

「脅してるのか？」

「まさか。ガキの頃は楽しかったなあって」

「こっちはもう足を洗って、ご覧のとおり、しがねえ板前だ。ま……おまえのためなら、一肌脱がないわけじゃねえが、賭け事に女遊び……そんなことばかりして、おっ母さんを泣かせてる間は、無理だな」

「だから、迷惑をかけっぱなしのおっ母さんに恩返しするつもりで、精一杯、真面目に頑張るからさ」

「おまえのその言葉は聞き飽きたよ。町火消の鳶(とび)だって、木場(きば)の木挽(こび)きだって、大工見習いだって、なんもかんも中途半端でやめやがった。なんでもいいから、いい加減、本気でやれよ」

「本気です。今度こそ本気なんです。どうか、あっしを弟子にしてやって下せえ」

床に座って両手をつく仁吉を横目で見ながら、銀平は杯を呷(あお)った。

「他にすることがねえから、板前でもって了見なら、お断りだぜ」

「…………」

「俺だって包丁を握って何年にもなるが、ここで料理を作るだけが仕事じゃねえ。朝早く、まだ暗いうちから河岸へ行って魚を仕入れ、暖簾を出すまでに仕込みやら掃除やら、やることは山ほどあるんだ。それを毎日、毎日だ……おまえにゃ絶対に務まらねえよ」

「へい。分かってやす」

「——なんだと、てめえ。じゃ、何をしようってんだ。俺の下で修業したいってんじゃねえのか、仁吉」

「板前修業は御免です。てか、俺にゃ到底無理です。そうじゃありやせんよ」

「そうじゃねえ……？」

「あっしが修業してえのは……これです」

仁吉は腕を軽く上げて、人差し指を鉤形に曲げた。

「何の真似でえ」

「兄貴の下で精一杯頑張って、跡目を継げるくれえ頑張りたいんです。よろしくお願い致します。もう、それしかあっしには生きる道がないんでやす」

必死の顔で、仁吉は銀平の膝元に擦り寄って、少し声を潜めて、

「ムササビ小僧の弟子になりたいんです。あっしは本気です」

銀平は吃驚して、

「てめえ、誰から聞いたんだ」

と思わず返答すると、仁吉はニッコリと笑って、

「あっ。やっぱりそうなんでやすね。銀平兄貴、このとおりだ。お願いしやすッ」

呆れ返った顔になった銀平に向かって、仁吉は真剣に訴えた。

「あっしはガキの頃から、ずっと義賊ってやつに憧れてたんだ。だから、突っ張って、気に食わない奴をぶん殴ってた。けどよ、兄貴と同じで、弱い者いじめをしたことなんかねえよ。目に余ることをしやがる奴を懲らしめてやりたかっただけだ」

「まあな……」

「でも、頭のいい奴や狡い奴は、ぜんぶこっちが悪いように仕立てやがる。お陰で、人助けしたってのに、百敲きの刑になったことだってあらあな」

仁吉は興奮気味に話し出した。

「けどよ、兄貴はもっと頭がいいや。殴っても蹴っても懲りねえ奴から、金を奪って、それを貧しい人や可哀想な人にばらまいてる。そうだろ、兄貴……」

「………」

「格好いいじゃねえか。俺たち町人に偉そうにしている偉い侍とか金持ち商人らを、密かにギャフンと言わせてよ」

「でもな、泥棒は泥棒だ。心得違いをするんじゃねえ。捕まりゃ、この首を三尺高い所に晒されることになる」

「そこがまた、わくわくするんじゃねえか。ムササビ小僧のお陰で、命だって助かる人も大勢いるんだぜ。あっしだって、ムササビ小僧のお陰で、おっ母さんの薬を買えたし、寺子屋にも通えた。だから……」

「だったら盗っ人になるんじゃなくて、有り難く感謝し、まっとうに暮らす。それが、恩返しってもんじゃないか」

「世の中に恩返しするために、あっしも兄貴みてえな盗っ人になりてえんだ」

拝むように両手を合わせて、仁吉の声が大きくなったときである。

ガタッ――と奥の階段の方で音がした。

「……女将さんが……いるのかい」

しまったという顔になった仁吉だが、銀平は首を横に振って、

「ちょいと変な客がな……」

と言っている間に、二階から壁にもたれかかりながら下りてきた。足下をふらつかせているのは、恵太郎だった。

「――聞かれちまったかな……」

仁吉が心配そうに呟くと、銀平は苦笑して、

「この旦那も相当な義に厚い人らしい。あの赤鞘組を事もなげにやっつけたと、逢坂の旦那の話だ。しかも、お人好しのようだ」

「あの赤鞘組を……へえ、そりゃ頼もしいや。でも、どうして……」

「女将さんが二階に連れ込んで、無理矢理飲ませたら、この体たらくだ」

「お恵さんが……年増のくせに、よくやるなあ。相当、飲まされたみたいだなあ」

「飲んだのは、おちょこ二、三杯らしい。それで壊れちまってな」

「壊れた……」

「へろへろになった上に、小皿叩いて歌い始めちまって、しまいには熊や猪の鳴き声の真似までやってよ……まるで徳利五、六本空けたみたいに、べろべろになった挙げ句、寝ちまった」

「下戸でしたか」

「ああ。極上の下戸だ。こんな客ばかりだと、こちとら、売り上げはサッパリだな」

とは言うものの、銀平は悪い気はしていない。しょうがない弟でも見ているかのような口調だった。

「済まぬな。迷惑をかけた……失礼する」

恵太郎は神妙な顔で謝ったが、銀平は立ち上がって支えながら、

「失礼するって、帰る所がないでしょ」

「えっ……」

「酔っ払って話してましたよ。女将さんが連れて帰ろうとしたけれど、立ち上がることもできないので、二階で……」

「そうだったか……これは大失態だ」

「酒は人によって飲める量ってのがありますからね。無理矢理飲ませた女将さんが悪いです。気にしないでおくんなせえ」

銀平が宥めるように言うと、まだ虚ろな目の恵太郎は、女将の姿を探しながら、

「女将さんは、どうしたんだい」

「家に帰りましたよ。っても、一筋だけ向こうの通りにある商家ですけどね」

「商家……女将さんは、大店も持っているのかい」

「あれ？　それも覚えてませんか。女将さんは散々、身の上話をしてましたがね」

「いや……」

すべて霞の中に消えたように、恵太郎は首を振った。

「深川芸者だったのを、日本橋通り南三丁目にある米問屋『丹波屋』の主人が女房にしたんでさ。でも、一年足らずの間にポックリ逝っちまって……可哀想に若後家でさ。でも、主人が残してくれたものがあるんで、金には困ってねえ。『丹波屋』の地所も幾つかあって、その長屋に逢坂の旦那さん父娘も住んでるんでさ」

「そうだったのか……全然、覚えてない」

「だから主人が亡くなった後、この店を出したんでさ。客商売が性に合ってるってね。でも、あの美貌ですからね、色々と艶話が囁かれたけれど、まあ、それは……」

余計な話はよそうと銀平は黙ったが、仁吉の方が思い出し笑いをしながら、

「女将さんのあっちの方が凄すぎて、『丹波屋』の旦那は昇天しちまったたって、専らの噂でさあ……でも俺も女将さんなら、なんだかむらむらするなあ……」

と言った。

「――この人は……？」

仁吉の顔を見て、恵太郎が尋ねると、銀平は適当にあしらって、

「ま、とにかく……与太郎さん……うちの女将さんのことは、まともに相手にしないでいいですよ」

「与太郎……俺は恵太郎だ」

「でも、本当は古鷹与太郎だって、かの二宮尊徳に命名されたんだって、自慢げに、女将さんに話してやしたよ」

「えっ……」

「しかも、さる藩の家老だってこともね……はは、そっちは、俺も信じちゃいやせんがね。とにかく、女将さんは、『お恵』と『恵太郎』じゃ、お互い〝恵ちゃん〟て寝床で呼び合うのも変だからって、与太郎でいいじゃないって話したら、素直に頷いてましたよ」

「俺が……」

「はい」

「え、まさか、寝床を供にしたのかな」

「さあ、知りやせん……とにかく、色魔とまではいきませんが、蛇に睨まれた蛙は何人もいますから、ご用心を」

銀平はからかうように言ったが、与太郎は素直に頷いて、

「蛙か……俺もガキの頃、これくらいの大きな蛇が、蛙を丸呑みするのを見て、それから蛇も恐くなった。はは……江戸にも蛇がいるとは知らなかった」

「蛇なんざ、何処にでもいまさあ」

ふたりが話しているのを聞いていて、仁吉は自分の頭を指して、

「俺より、馬鹿？」

と呟いた。銀平は手を振って制してから、湯呑みに水を汲んで差し出すと、恵太郎は美味しそうに飲んで、

「ふわあ……では、頭がまだ痛いので、夜明けまで、そこで失礼する」

と倒れ込むように小上がりに入っていった。

「――兄貴……その人は、一体、誰なんです……？」

「さっぱり分からねえ。女将さんが身の上を訊いても、何処ぞの家老だとか箱根山から出てきた山猿だとか、いい加減なことしか言わないんだ」

「もしかしたら……」

仁吉は不安げになって声を潜めた。

「町方の隠密廻りかもしれやせんぜ、そいつは……」

「まさか……」

「噂を耳にしたんですよ。ほら、定町廻り同心の円城寺さんと岡っ引の紋七が近頃、やたらとうろうろしてるでしょ。ムササビ小僧をどうでも捕らえたいんですよ」

「………」

「だから、兄貴に目をつけて、あいつは酒に弱いふりをして、店に居座ったかもしれないじゃないですか」

「うむ……疑えばキリがねえが、ありゃ、どう見たって本当の下戸だ。それに隠密廻り同心や町方中間らの顔は、大抵、俺の頭の中に入ってるよ」

「あ、そうでやすよね」

「それより、仁吉……本気で俺の弟子になりてえようなら、頼みがある」

「へえ。なんなりと……」

恵太郎を気にして、銀平は仁吉を二階に誘ってから、ひそひそと話した。

「実はな……ムササビ小僧の偽物が出たようなんだ」

「えっ……!」

仁吉は異様なほど驚いたが、自分の喉を絞めて声を止めた。

「ゆうべ、さる大名屋敷の蔵から、立派な昇り龍の紋様が入った茶壺が盗まれたらしいんだが、そこに〝ムササビ小僧推参〟の絵が落ちてた……紋七親分に見せて貰ったが、あれは俺が描いたものじゃねえ。比べようのないくらい下手なものだった」

「……………」

「茶壺はかなり値打ちものらしいが、物を盗めば大概、金に換えるときにバレてしまう。だから俺は現金一筋だ」

「で、ですよね……」

「だから、茶壺を盗んだ奴を見つけ出して、俺に報せろ……盗っ人には盗っ人の作法ってものがある。そいつに、キッチリと始末をつけさせるのよ」

銀平の顔がぞっとするくらい恐ろしく歪んだのを見て、仁吉は少し尻込んでしまった。

「し、始末をつけるってのは……」

「事と次第では、闇に葬る……つまり死んで貰うってことさ」

「殺すんですか……」

「それくらい、人の名を騙るのは盗っ人の風上に置けない阿漕なことなんだよ。悪さをして、人のせいにするのは、どこの渡世でも道に外れることじゃねえか。そうだろ」

「へ、へえ……」

「嫌なら、無理にとは言わねえ」

「あ、いえ……兄貴の無実のため……いえ、あっしの修業のため、やりやす。へえ、しっかり探し出しますので、し……しばらく、お待ち下せえ……」

震える声で答える仁吉に、銀平は強面を近づけて、

「なんだ。これくれえで、ぶるってるのか……やっぱり、やめといた方がいいな」

「いえ、必ず見つけ出してきやす。へえ、必ず……！」

何度も頷きながら、仁吉は深々と頭を下げた。そのとき、

「てめえ、やりやがったな！」

と野太い声が起こった。

「ひいっ」

と吃驚して転んだ仁吉は、声の主が小上がりで寝ている恵太郎だと分かった。幸せそうに、寝言をむにゃむにゃと洩らして眠っている顔を見て、仁吉は安堵して振り返った。

「無理するなよ……」

閻魔（えんま）のような目で睨んでいる銀平の顔がある。仁吉はまた情けない声を洩らして、店の外に飛び出していくのだった。

五

それから三日程後のことである。武家屋敷が集まっている駿河台の一角でのこと、小雨が降り注ぐ昼下がりだった。

「御用だ、御用だ！」「逃がすな、向こうだ。掘割の向こうだ」「いや、こっちだ。塀を乗り越えて逃げやがったッ」

などと町奉行所の捕方たちの声、呼び子もあちこちで、けたたましく響いている。

北町奉行所・定町廻り同心の円城寺左門と岡っ引の紋七である。円城寺は三十前の若い同心のくせに、腹が突き出て肥っており、紋七は顔だちは荒くれ者のようだが、年寄りで走るのが遅い。おまえけに、声が小さくて弱々しい。

「探せ、探せ。まだムササビ小僧は近くにいるはずだ」

駆けてきた円城寺は、ぜえぜえと荒い息を吐きながら、膝に両手をついて腰を曲げた。その後ろから、紋七がついてくるが、膝が痛いのか、足を引きずりながら、

「だ、旦那……待って下せえ……あっしはもう足が……」

「なんだって……」

振り返る円城寺は全身汗みずくである。

「膝が悪くて、とてもじゃねえが、追いかけるのは無理です」

「紋七……そろそろ、おまえもお払い箱だな……親父の代から世話になってるが、隠居して孫と遊んでやるがいいぞ」

「冗談じゃありやせんや。旦那がいつまで経っても半人前で、ろくな手柄も立てられないままじゃ、先代に申し訳がありやせん」

「ろくな手柄って……だから、今、イタチ小僧を縛り上げようとしてるんじゃないか」

「ムササビ小僧です」

「どっちだっていいだろうがよ。悪い奴がてめえで名乗ってるだけじゃないか」

「そういうところがダメです。盗っ人には盗っ人の誇りとか矜持ってのがあるんです。それを操ることで、捕まえることもできやす。悪い奴を十把一絡げにしてるうちは、立派な同心にはなれやせんよ」

「屁理屈こくな。どんな奴でも、法を犯した奴は悪い奴なんだ」

「それはそうですが、ムササビ小僧は義賊として、江戸町人たちには喜ばれてます。捕まえて処刑したりしたら、暴動が起きるかもしれやせんよ」

「だから見逃せっていうのか」

「違いますよ……あっしは、今度のムササビ小僧は偽物じゃないか……そんな気がして仕方がねえんです。武蔵片倉藩の上屋敷に入ったのだって、ほら……」

下手なムササビの絵を見せて、

「それに、左門様……奴はもう何年も姿を現しておりやせん。足を洗って、どこぞで隠棲してるって噂もありやしてね……偽物を捕まえても手柄にはなりやせんよ」

と紋七が言ったとき、赤鞘組の連中がどやどやと駆けてきた。

「どけい。町方ふぜいがッ」

円城寺を邪険に押しやって立ち去ろうとすると、

「御旗本の速見達之助様でいらっしゃいますね。お父上が目付頭の」

と紋七が声をかけた。

「なんだ。岡っ引のくせに、この俺を知っておるのか」

「そりゃもう……江戸市中に住んでる者で、赤鞘組を知らない者はいやせん。誰でも脅して金を巻き上げる、あんなタチの悪い旗本はいないと大評判で」

嗄れ声ながらハッキリと話すと、円城寺の方が吃驚して、

「こ、こら、紋七。なんてことを……」

「ほう。俺に突っかかるのか。耄碌してるくせに、喧嘩を売るとはな」

「まさか。手助けをして差し上げたいだけでございますよ。ムササビ小僧に金を盗まれましたか。あ、仮に盗まれても、武門の恥とやらで口外しない人が多いですが、それが一番いけやせん。盗っ人の思う壺です」

「あっしには紋七という名がありやす。ムササビ小僧は、悪いことをして儲けている評判の悪い大店か、阿漕なことをする武家屋敷ばかり狙ってやす」

「………」

「ですが、今度は武蔵片倉藩などという、いわばどうでもいい藩の上屋敷ですよ……家臣の首を切るような貧乏藩だという話ですからね、本当のムササビ小僧なら、速見様のような阿漕なことをしている御仁のお屋敷を狙うはずだと、あっしは睨んでやす」

言いがかり同然の紋七の態度に、速見はカチンときたのか、腰の刀に手をあてがい、

「だから、なんだ……」

「ですから、速見様の屋敷に入るかもしれないんで、気持ちよくとっ捕まえて下さいませんか。なにしろ、人から巻き上げた金や、御用金を誤魔化したのが、何千両もあるって噂ですからねえ」

「貴様……座興もそれくらいにしておけ」

「いえいえ。ムササビ小僧を捕まえたら、大手柄ってもんで。速見様の評判は、ぐぐいっと上がると思いますよ」

「なんだと……」

「いや逆か。義賊をとっ捕まえたら、逆に庶民には恨まれまさあね」

円城寺は紋七の手を引いて、

「おい。いい加減にしろ……すみません、速見様。年寄りの戯言だとご勘弁下さいまし。ムササビ小僧には、もう何度も逃げられているので、こいつは自棄になってるんです。どうか、どうか……」

と何度も頭を下げた。

仮にも武士のくせに、商人のような態度の円城寺に、速見は苛々としながら、

「――俺が探しているのは、ムササビ小僧ではない。こんな面の侍を探しておる。見かけたら届け出よ」

差し出した人相書は、恵太郎の顔だった。速見が記憶を頼りに描いたものだという。なかなかの腕前に、紋七は感心して、

「絵師にでもなれそうですな……」

「とある料理屋にいたってところまでは探したのだが、姿を晦ましたのだ」

「しかも、この男もなかなかの美男子……これならば、すぐに見つかるでしょうな。こいつが何か」

紋七が訊き返すと、

「余計な詮索はよい。とにかく、こいつを見つけたら褒美を取らす。よいな」

と速見は人相書を円城寺に押しつけて、仲間を引き連れて立ち去った。紋七が何処か

で見た顔だと首を傾げていると、

「おまえ、どうして、あんなことを言ったのだ、速見様に」

「えっ……？」

「お屋敷には何千両もあるとか、入ったムササビ小僧を捕まえてくれとか……」

「ああ。それはね、旦那……」

紋七は声を低めて、

「この辺りに、ムササビ小僧が潜んでるはずです。速見様の話をすれば、必ず忍び込んで盗もうとするに違いない。そこを、あっしらで、ふん縛るんでさ」

「…………」

「おまえ、本気で言ってるのか」

「へえ、もちろん」

「そんなことで捕縛できりゃ苦労しないよ。もう少し、まともなことを考えろ。いや、十手を返上して、隠居しろ」

「――旦那……それこそ本気でおっしゃってますかい」

「ああ。それがおまえのためだ。足腰が動かなくなる前に。大人しくしてろ」

強い口調で言う円城寺に、紋七は情けなくなったのか、下瞼に流れ出る涙を拭い、

「さいですか……へえ、それが左門様のお気持ちなら……承知しやした……ありがたく

隠居させていただきやす。長い間、お世話になりやした。旦那もせいぜいお達者で」

と居直るような言い草で、帯から抜いた十手を突き返した。

「お、おい……そんなふうに言うなよ」

円城寺が十手を所在なく握っていると、捕方の誰かが「いたぞ、いたぞ。ムササビ小僧が、そっちに逃げたぞ！」と大声を上げた。捕方や町方中間らが一斉に駆け出す姿も見える。

「あっちだ、紋七！」

声をかけて円城寺が駆け出そうとするが、紋七は微動だにせず、

「十手は今、お返ししましたんで、へえ」

と呟いた。

「なんだ。勝手にしろッ」

円城寺は呼び子の鳴る方に、ひとりで駆け出していった。

捕方の気配が遠ざかると、細い路地から、頰被りをした男がそっと出てきた。その姿を見るなり、紋七は優しい声で、

「――おまえは偽者だろ……本当に捕まっちまう前に、足を洗うんだな」

と諭すように言った。

「ありがとうございんす。この御恩は一生、忘れません」

頬被りの男は立ち去ろうとして、側溝に片足を落として、「いてて」と転がった。

「相変わらず間抜けだな、仁吉……」

「ええっ。分かってたんですかい、紋七親分」

仁吉は申し訳なさそうに、頬被りを取って顔を出し、頭を下げた。

「いいから、さっさと行け。でねえと、本当のムササビ小僧にも迷惑がかかろうってもんだ。分かったら、下手な真似をするな」

紋七の言い草は、ムササビ小僧が誰なのか、知っている口ぶりだった。だが、仁吉はそうとは気づかず、もう一度、頭を下げると、慌てて逃げ去るのであった。


その頃——。

米問屋『丹波屋』の裏店である、新右衛門町(しんえもんちょう)の通称〝おたふく長屋〟に、恵太郎は立ち寄っていた。いや、『蒼月』に行った翌日から、この長屋で世話になっていた。もちろん、家主は、お恵である。

おたふく長屋の由来は、お恵が芸者だった頃の名が「お多福」だったからである。美形であるがゆえに、愛嬌があって笑いが絶えなくて福が増えるから、置屋の女将が名付けた。

ここは、逢坂父娘が暮らしている所だが、丁度、一番奥の部屋が空いていたので、しばらく逗留することにしたのだ。

「与太郎様。ここが、あなたのお部屋でございます。店賃は当面、只で結構でございますから、ごゆるりとお過ごし下さいませ」

お恵は親切心で空き部屋を貸したが、あわよくば自分の情夫にしようと思っているのは、近所の目にも明らかだった。噂では、これまでも自分が気に入った男を、この奥の部屋に連れ込んでいたという。だが、恵太郎……いや、与太郎はまったく気にする様子はなく、

「いやあ、ありがたい。お恵さんは本当に菩薩みたいな人だな」

と喜んでいた。わずか二、三日いただけだが、長屋の者たちにも、「ご浪人の古鷹与太郎様」だということで、「与太郎様」もしくは「与太郎さん」と呼ばれるようになったので、

――ま、それでもいいか。

と恵太郎も、「与太郎」と名乗ることにした。

さて、その与太郎は、〝今生の思い出〟にと、日本橋から見える富士の景色を楽しんで、箱根山に帰るつもりだったのだが、気が変わったのには訳がある。

赤鞘組のような乱暴狼藉を働いている旗本を、御公儀が黙って見過ごしていることに、憤慨したのである。程度の違いはあれど、箱根山の周辺にも盗賊らが跳梁跋扈してい

た。そいつらは小田原城下などに下りていって、好き放題をしていたが、

——そういう輩もいる。ある程度は仕方がない。

とお上は考えて、被害を最小限に抑えることができれば、それでよしとしていた。だから、悪い奴らは撲滅されず、何度も悪事が繰り返されていたのだ。

与太郎は別に正義感を大上段に構えて、悪党を成敗したいわけではない。赤鞘組のような輩がいるのを知っていながら放置していることに、なんとも言えぬ嫌な感じがしていたのであった。

そんな話を一宿一飯の恩義を受けた銀平にすると、

「だったら、古鷹の旦那が懲らしめてやったら如何ですか。旦那なりのやり方で」

と言った。

銀平に触発されて、何とかしたいなあという節介虫が腹の奥にゴニョゴニョと湧いたのである。「お手伝いなら、幾らでも致しやすよ」とまで銀平は言ってくれたから、与太郎はやる気が出たのであった。

しかし、赤鞘組に触れないでおこうという世間の風潮がある限り、解決はしないであろう。江戸町人たちから見ても、本当にタチの悪いやくざ者に恐い目に遭わされるよりは、旗本の御曹司という素性の知れた者の乱暴狼藉を見逃している方がマシだと感じている者もいる。それゆえ、公儀も「大目に見ている」のかもしれぬ。

もうひとつ、与太郎がしばらく江戸に逗留してみようかと心変わりした理由がある。それは、「食べ物が美味い」ということだった。

銀平が作ってくれた鰻の蒲焼きは、柔らかく蒸した上に、上品な甘辛いタレが染み込んで、あつあつのご飯の上に載せると、たまらなく相性がよく、頬がとろけ落ちた。与太郎があまりに感動していると、

「こんなの江戸でなら、何処でも食えますよ。深川に行けば、鰻なんざ幾らでも引っかかりますからねえ。泥臭いから、こうして背開きにして、蒸してタレを付けてるだけなんですがねえ」

と言われて、ますます感動したのだ。

それに加えて、江戸前で獲れたばかりの魚で握った鮨は、これまで食べたことのない新鮮な味わいだった。蕎麦も箱根の山の中で食べていた、ぼそぼそのものではなく、しこしこしているのにツルっと喉越しが良いのが、たまらなかったのだ。

つまりは、食い物が与太郎を引き止めたのだ。

おたふく長屋は、どこにでもある庶民が暮らす九尺二間の長屋である。へっついのある土間と六畳一間だけしかない。

木戸口を入ると、左右に四軒ずつ所帯があり、敷地の真ん中には水道から汲み上げる井戸があって、井戸端では、長屋のかみさん連中に混じって、襷がけの加奈が洗濯物を

していた。

井戸の前にある部屋では、逢坂が丁寧に刀を磨いている姿があった。

そこに、加奈が洗濯物を運んできて、土間を抜けて裏手の物干し竿(ざお)に掛け始めた。てきぱきとした慣れた仕草の娘を見て、

「いつもすまぬな、加奈……」

と刀を鞘に戻して、

「苦労ばかりかけて申し訳ない。俺が不甲斐(ふがい)ないばっかりに……」

「お父つぁん。それは言わない約束でしょ」

「ふむ……長屋暮らしが染み着いて、おまえまで、父上ではなく、お父つぁんと言うようになったか……」

「別にいいじゃないですか。父上だなんて、堅苦しくて言いにくいし。大丈夫、外では父上と呼びますから、ふふ」

加奈は屈託のない笑みを洩らした。その優しい顔を見ると、逢坂は余計に胸が苦しくなるのであった。

「……俺はお久(ひさ)にも、幸せの欠片(かけら)も与えてやれなかった」

「母上は幸せだったと思いますよ。最後の最後まで、お父つぁんの側にいられて」

「おい。母親は母上で、俺はお父つぁんか」

「だって、母上はもう極楽浄土に行ってますから……流行り病とはいえ、あっという間でしたね。お父つぁん、あれから、しょぼくれてばかり……本当は立派な御方なのですから、もっと自信を持って下さい」

「自信と言われてもなあ……何処かに仕官さえできれば、おまえも誰かよい人に、嫁に出してやれるのだが……」

「まさか。私は何処にも嫁ぎません……ええ、行きませんとも」

そう言いながらも、加奈は少し恥じらうように俯いた。逢坂も何をか勘づいて、

「もしや、誰ぞ、好きな男でもできたのか。誰なんだ、加奈」

「そんな人、いないって……私はずっとお父つぁんのお世話を致しますから」

加奈は洗濯物を干し終えると、土間に戻ってきて、片付けものをし始めた。

そのとき表から、「ごめん」と声があって、与太郎が入ってきた。

「――あっ……」

吃驚して後退り(あとずさ)した加奈の顔が、俄に真っ赤に火照った。その変容を目の当たりにした逢坂は、「えっ」となって、改めて加奈をまじまじと見つめた。

「おまえ、まさか……そうなのか……」

「ち、違います。変なことを言わないで下さいますか、お父上ったら」

「今度はお父上か……」

妙な雰囲気の父娘だが、与太郎は察する様子はまったくなく、

「鰈(かれい)の煮付けだ。よかったら食べてくれ」

と台所の水桶(みずおけ)の横の棚に置いた。

一匹まるごとの見事な煮物である。加奈は目を丸くして、

「これを、与太郎様が……？」

「まさか。『蒼月』の銀平がな、作ってくれたのだ。逢坂殿も好物だとか」

逢坂は身を乗り出して、鼻先を動かしながら、

「ああ、いい匂いだ……こりゃ酒が欲しくなるな。だが、また無駄遣いしていると、この前の蝦蟇の膏が売れたのがなくなる」

とふざけて袖を振って見せた。

「それにしても、古鷹殿。この長屋に住むなどと、思い切ったことをしましたな。貴殿も浪人者とは知らなかった。武士は相身互い。慣れぬことがあれば、何でも言って下され」

「いや、実に心地よい所だ。箱根の山奥は、今頃でも夜は寒いからな。この長屋……というのですかな。ここは、人が寄り添って住んでいるせいか、温かい気がする」

「ま、そうですが……慣れたら、不便なことがよく分かるし、嫌な連中ばかりってことも、身に染みるでしょうよ、あはは」

冗談で言ったつもりだが、与太郎は真剣に受け取り、

「そうですか。では、心しておきます」

と答えた。

そんな与太郎がおかしくて、加奈が思わず口を押さえて笑ったときである。

「あらら！」「うわあ！」「すげえ！」「なんだこりゃ！」「たまんねえな！」

木戸口の方から、大声がゴチャゴチャになって響いてきた。思わず外に出ると、長屋の住人がどっと集まってきていた。

六

長屋に入ってすぐの所に、小さな稲荷の祠(ほこら)がある。薄汚れた小さな白い狐が鎮座していて、信心深いわけではないが、住人は毎日のように拝んでいる。

そこには皿があって、たまに賽銭(さいせん)が置かれているが、今朝はなんと小判が八枚、きれいに重ねられて置かれていたというのだ。

最初に見つけたのは、大工の松吉(まつきち)の女房・小梅(こうめ)と息子の竹三(たけぞう)だった。小判など庶民が見ることはまずないので、「なんだろう」と思ったが、亭主の松吉に見せたら吃驚して、小判に間違いないという。

そこに、左官の亀助、その女房・お鶴と娘の美代。飾り物職人の弥七、町医者の松本順庵、年寄りの安兵衛と息子の吾市、料理屋の仲居おかね、その子供のおれんと団吉のふたり。逢坂父娘と与太郎を入れて、八世帯十六人がぞろぞろと集まってきた。まだ仕事に出かける前なのに、大騒ぎである。

「一体、何事かな、朝早くから」

逢坂が近づいてみると、小梅が小判を見せびらかしながら、

「うちの長屋にも現れたんだよ、ムササビ小僧がッ。えらいことだ、大変ありがたいことだ！」

と飛び跳ねると、亭主の松吉も小躍りしながら、

「見て下さいよ、逢坂の旦那。うはは、本物だぜ、これは」

と小判をガチッと噛んでみせた。

「俺も親方んところで、二、三度しか見たことがねえがよ。こりゃたまらん。ほら、すとんと落ちるくらい、ずっしりとしてる。旦那はお武家様だから、偽物かどうか分かるでしょ、これ」

小さなガキのようにはしゃいでいると、横合いから、町医者の松本順庵が小判を取って、まじまじと鑑定するように見たり、触ったりしてみせた。

「松吉さんや、これは、まさしく本物だ」

五十絡みの順庵は、鼻の下のチョボ髭を撫でながら、

「昔は小判なんぞ、わんさかあったのだがなあ……とんと見ておらぬ……ええと、八両あったとのことだから、一世帯一両、という計算になるな。うむ、ここは仲良く分けよう」

と提案すると、松吉が不満げな顔になった。

「そりゃねえでしょ、順庵先生。たしかに八両置かれてたから、一両ずつってのは分からないでもねえが、公平じゃねえやな」

「どうしてだい」

「だって、うちは女房と息子と三人暮らし、左官の亀助んとこだって、女房と娘がいる。おかねさんちは父親(てておや)がどっかにいっちまって、子供ふたり抱えて大変だろう。安兵衛爺さんは病がちで薬代が大変だし、息子の吾市は稼ぎが悪い。先生みたいな暢気な一人暮らしと同じってのは、どう考えたっておかしいじゃねえか」

松吉は大工らしい威勢の良い口調で正論を吐くと、子持ちの亀助やおかねも賛同して、大人子供関係なく人数割りにしようと言い出した。十六人いるから、ひとり一両の半分の二分ずつでどうだと、亀助は言った。

するとと、与太郎は遠慮がちに、

「俺は数にいれなくていい。新参者の上に、いつまでいるかも分からないからな」

と言うと、松吉は面倒臭そうに、

「ややこしいことを言わないでくれ。丁度割り切れるんだから、いいじゃないか。それこそ、新参者は黙ってろ」

「だがな、ムササビ小僧ってのは、困ってる人に分け与えていると聞いた。ということは、困ってる者が貰えばいいのではないか」

「旦那は困ってないんですか、へぇえ」

嫌みたらしく言う松吉に、与太郎は頭を搔きながら、

「そりゃ喉から手が出るくらい欲しいがな。俺が貰っちゃまずいだろう」

「あっ……もしかして、自分は悪者にはなりたくねえって魂胆ですかい。盗んだ金と知って貰ったら、そいつも咎人扱いになって、牢屋敷送りだ」

「そうなのか？」

「ああ。でもよ、旦那……これが盗まれた金かどうかは証の立てようがねえ。そこのお稲荷さんのところに置かれてあっただけだからよ、奇特な誰かが、貧しい長屋を憐れんで恵んでくれたのかもしれねえ。その行為を無にしちゃ却(かえ)って失礼ってもんだ」

「なるほど……では、俺は何も言わんよ」

引き下がるように与太郎が返すと、逢坂がズイと出てきて、

「悪いがな、松吉。俺も、それを貰うわけにはいかぬ。仮にも武士だ。物乞いの真似は

できぬのでな」

「俺たちが物乞いだってえのかい」

「そうじゃない。本当なら、百姓から取り立てた年貢を、武士が色々と手配りをして、貧しい所に廻さねばならぬ。それができぬ浪人暮らし故、忸怩たるものがあるのだ」

「旦那の感傷に付き合うつもりはありやせんや。こちとら、不景気続きで、普請に出かけても実入りが減ったからよ」

「だから、みんなで分ければよいではないか。俺は反対しておらぬ」

与太郎が我関せずというように笑ったとき、松吉の息子の竹三が、「あっ」と声を上げながら、稲荷の横手から駆けてきた。まだ五歳くらいだが、ハキハキした声で、

「お父つぁん。もう一枚、あったぜ」

と小判を一枚、掲げた。

「えっ……てことは、九両か……分けるのが、ややこしくなったな」

松吉は首を傾げたが、すぐに竹三が答えた。

「そんなことねえよ。一両は四分、十六朱だから、十六人に一朱ずつ分けたら喧嘩にならねえ。九両あるから九朱ずつ。そうだろ、おっ母さん」

「ああ、そうだよ。竹三は賢いねえ。まだ手習所にも通ってないのに、そんなこと何処で覚えたんだい」

「順庵先生が教えてくれた。読み書き算盤は早いうちにできた方がいいってね」

竹三の話を聞いた松吉は、大笑いをして、

「先生……あんたより、うちの子の方が頭がいいかもな。難しい計算ができた」

「かもしれぬな、はは。なあ竹坊は算術が得意だものな」

感心した順庵は、竹三の頭を撫でてから、

「あ、そうか。もしかしたら、ムササビ小僧は、十両だと首が飛ぶから、九両にして置いたのかもな。ああ、きっと、そうだ」

と大笑いすると、他の者たちも納得したように手を叩いた。松吉は大家でもある『丹波屋』に行って、両替して貰ってくると威勢良く木戸口から飛び出していった。

それを何気なく見送っていた逢坂は、納得できない様子で、

「みんな、いい奴だが、盗っ人から情けを貰うってのは、どうもな……俺は要らないよ。みんなで分けてくれ」

と言いながら、刀を腰に差すと、蝦蟇の膏の入った籠を手にして、ぶらぶらと出かけていった。加奈も追いかけようとしたが、側にいる与太郎の前に立ち止まり、

「ねえ、与太郎さん……もし良かったら、ずっと、いてくれないかしら」

「えっ……」

「昨夜も、お父っぁん、あ、いえ……父は、あなたの話で夢中だったのです」

「俺の話……？」

「はい。腕っ節といい度胸といい、きっと只者ではない。浪人を装っているが、もしかしたら世を欺く仮の姿で、本当は、市井にあって庶民の暮らしぶりをつぶさに見ている、やんごとなき人かもしれないって」

「あはは。それは間違ってもない」

「いえ、私もそう感じております。でないと、こんな所に住むはずがありません。霞を食って生きてるわけでもないでしょ」

「鰻を食って生きてる」

「また冗談ばかり……与太郎さん。私……いえ、みんなのためにずっといて下さい」

　思い切ったように言ってから、加奈は逢坂を追って、長屋から出かけていった。それに続くように、左官の亀助も普請場に向かい、おかねも奉公している料理屋に出かけ、他のおかみさんたちは家事に戻り、子供たちは隠れん坊などをして、遊び始めた。

　町医者の順庵は部屋に帰って患者を待ち、弥七は自室で飾り物作りの続きをした。老人の安兵衛は室内でゴロンとしているだけで、吾市は重い腰を上げて、油の量り売りの仕事に出かけた。

　それぞれの日々の暮らしが、いつものように始まるのを、与太郎はぼんやりと眺めてから部屋に戻ると、畳の間にお蝶が座っていた。与太郎は少し驚くものの、

「こんな所で、何をしているんだ」

「見張りです」

「まさか、一緒にここで暮らすなんて言い出すのではあるまいな」

「そのつもりです。いけませんでしょうか」

「いや、いけなくはないが……家老は勘弁してくれと言ったはずだ。なんなら、こちらから服部様か近藤様に文を出しておく」

「無駄です。あなた様は、天下安泰のためにも、その立場にあらねばなりませぬ」

「大袈裟な……」

「いいえ。与太郎様はまだご自身の天下を治める才覚とそれを成し遂げる運命に、お気づきになってないだけです」

お蝶は静かだが、何かに取り憑かれたように話した。

「かような長屋で暮らしてみるのも後学のためでしょう。しかし、ご自身は決して自由の民ではないということを、ご自覚しておいて下さい」

「大丈夫か、お蝶……」

与太郎は近づいて、掌をお蝶のおでこに当てた。

「――与太郎様こそ、大丈夫でございますか。小料理屋の女将に籠絡された挙げ句、浪人者の娘に鼻の下を伸ばし……」

「籠絡されておらぬし、鼻の下も伸ばしていない。お蝶は勘違いをしてるな……それとも、毎日、俺に添い寝でもしてくれるというのか」

顔を寄せて、まじまじとお蝶を見つめる与太郎の目は、まるで母親にでも甘える幼児のような瞳だった。俄に頬を染めたお蝶は、少し離れて、

「と……とにかく私は……藩からの命令にて、お側にて与太郎様を守っております。他に、鹿之助や猪三郎、猿吉、熊蔵らも交替で、警固をしておりますゆえ、さよう心得ておいて下さい」

と感情を潜めて言った。

「警固……？」

「現実に、赤鞘組の連中に、付け狙われております」

「あいつらか……逢坂さんと加奈さんにしつこく絡んでる旗本か」

「はい。ですが、与太郎様に逆恨みを抱き、何やら企んでいる節がありますれば、どうか、お気をつけ下さい。私は命がけで、お守りいたします」

「命なんぞ、かけなくていい」

「いいえ。あなた様こそ、私の命なのです」

「――好きにしろ……おまえも結構、頑固だな。でも、頑固は取り柄だ。何事か為すためには必要なものだと、爺っ様は言ってた」

呆れ顔で、与太郎がそう言ったとき――。

「屑い、屑う……薬缶に割れた鍋、壊れた提灯、茶碗に湯呑みなどはないか……」

「ういい……」

屑屋の蜂五郎と寅三の声が聞こえてきた。

ハッ立ちあがったお蝶は、障子を開けて、警戒するように長屋の裏手を見廻したり、天井や床下にも耳をそばだてた。

「何をしてるんだ、お蝶」

「気をつけて下さい。与太郎様のお命を狙っている連中の仲間かもしれませぬ」

「なんだ……？」

「今は詳しくは言えませぬが、逢坂様が仕官していた武蔵片倉藩との関わりもありそうです。つまらぬことに関わってはなりませぬぞ」

「もういいよ……ただの屑屋ではないか」

与太郎がぶらりと表に出ると、木戸口の所から、蜂五郎と寅三が籠を背負って入ってきながら、

「ええ、屑い、屑う……薬缶に割れた鍋……ま、そんなことはいいや」

と暇そうな与太郎に近づいた。

「これは若旦那、暇ですか」

「ああ。暇すぎてあくびも出ぬ」

「さいですか。ちょいと、お訊きしやすが、こんな茶壺を見たことありませんかね」

蜂五郎が絵を見せて尋ねると、与太郎は小首を傾げて、知らないと答えた。だが、なぜか蜂五郎はしつこく訊き返した。

「大きな声じゃ言えやせんが、あなたをお武家様と見込んで、お話し致しやす……でも、ここだけの話にしといて下せえ」

「この茶壺を探しているのかい」

「お祭しのとおりで……実はさるお大名の屋敷から盗み出されたのですが、盗んだ奴は、ムササビ小僧と思われるんでやす」

「ムササビ小僧……ああ、今し方、ここにも九両ばかり置いてった」

与太郎が言うと、対面の部屋の中で何気なく聞いていた小梅が、いきなり飛び出してきて、シッと指を立てた。

「旦那……余計なことを言っちゃダメですよ……」

「む？　どうしてだ。さっきはみんなで大喜びしていたではないか」

「だから……そんなこと喋っちまったら、お上に知られて、何されるか分かったもんじゃないじゃないですか」

「え、ああ……まあ、そうだな……」

頷いた与太郎は、蜂五郎と寅三ふたりに向かって、

「俺の勘違いだ。で、その茶壺を盗んだのがムササビ小僧だとして、それがなんだ」

と言い直した。

蜂五郎は疑り深い目になって、辺りを見廻しながら、

「こういう商売ですからね、色々と聞き廻ってきたんですが、ムササビ小僧らしき奴が、この長屋に逃げ込んだってんでね……」

「そうなのか？」

「ここの住人の誰かが、ムササビ小僧かもしれねえ。そしたら、茶壺があるかもしれねえって……思ったんでさ」

「だったら違うな。ここには、いない」

当然のように言う与太郎に、蜂五郎と寅三は不思議そうに見上げて、

「旦那……何か知ってやすね」

「知らぬ。俺は二、三日前から、世話になっているだけだからな。長屋のことなら、古株の順庵先生か、大工の松吉に聞けばよいのではないかな。なあ、小梅さん」

「あたしは何も知りませんよ、ほんと」

とだけ言って、小梅は家の中に入った。

蜂五郎は釈然とせず、

「妙だな……もしかしたら、もう茶壺は売られて、金に化けたのかもしれねえな」

と消えそうな声で、寅三に呟いた。

だが、与太郎はその声がよく聞こえる。幼い頃から、山の中で暮らしていたせいか、獣や鳥たちのように、小さな音でも耳の奥に伝わってくるのだ。

「なるほど。それが九両か……てことは、一両は、ムササビ小僧の手間賃かな」

と与太郎は呟く。

「――聞こえたのか……」

「え、何がだい」

与太郎が惚けたように訊き返したとき、町方同心の円城寺が駆け込んできた。入ってくるなり、蜂五郎と寅三の顔を見て、

「なんだ、おまえらか……」

「これはこれは、朝からご苦労さんでございます」

などとお互い言葉を交わした。顔見知りのようだった。

「ところで、屑屋……こんな茶壺を見なかったか。誰かから買ったりもしてないか」

円城寺が出したのは、〝龍吟の茶壺〟の絵だった。蜂五郎は一瞬、驚いたが、

「あっしらも探しているんです」

とは言わなかった。円城寺に先を越されると、十両を貰えないからである。だが、寅

三の方がすぐに、円城寺に向かって、

「八丁堀の旦那も十両に目が眩みやしたか」

と苦笑いした。

「ば、馬鹿ッ……」

思わず蜂五郎が言うと、円城寺が「誰が馬鹿だって」と睨み返してきた。

「違います。旦那に言ったんじゃありません。俺たちも頑張って、この茶壺、探しますんで、へえ」

「これはな、ムササビ小僧が……」

と言いかけた円城寺が、「おや？」と与太郎を見た。そして、懐から人相書を取り出して、目の前の与太郎と見比べた。

「あっ。こいつだ……おまえだな」

「え……？」

「名は知らぬが、お旗本の速見達之助様が、おぬしのことを探しておるのだ。実に怪しい奴だとな」

「ああ、赤鞘組のろくでなしか」

「無礼者。かような所に潜んでいたとは、やはりうろんな奴。ええい、名を名乗れい」

円城寺はいきなり十手を突き出して、まるで咎人扱いである。

「相手が武士であっても、浪人ならば町方は捕縛できるのだ。おまえは何者だ」

「古鷹与太郎だ。俺は何もしておらぬが」

「黙れ。それはこっちで調べる。一緒に来て貰おうか」

と円城寺が言ったとき、隠れん坊をしていた子供らが、「なんだ、これ」「なんか、でっかいものが置いてあったぞ」などと声を発しながら、茶壺を運んできた。例の〝龍吟の茶壺〟である。

それを見た蜂五郎と寅三、円城寺はほとんど同時に、「アアッ」と声を上げて、子供らの方に駈け寄った。

「何処にあったのだ、これは」

円城寺が訊くと、子供らは隠れん坊をしていたら、稲荷を祀っている祠の床下にあったのを見つけたと話した。

蜂五郎と円城寺はそれぞれ絵と照らし合わせて、「間違いない」とまた同時に言った。次の瞬間、蜂五郎は子供の手から、乱暴に茶壺を奪い取るや、一目散に走って逃げ出した。

「あっ、こら待てえ！」

声を上げながら円城寺が追いかけようとすると、寅三が足をかけた。円城寺は前のめりになって吹っ飛び、地面でしたたか顔面を打った。必死に這い上がろうとする背中を、寅三が大きな足で踏みつけ、逃げていった。

「――う、うげッ……」

俯せのまま、円城寺は背中の痛みに悶絶した。

「大丈夫かい、町方の旦那」

与太郎がしゃがみ込んで助け上げようとしたが、円城寺は悔しそうに手で払い、

「き、貴様ら……この長屋の連中は、屑屋とグルだったんだな……そんでもって、ムササビ小僧の仲間だったんだな」

「違うと思うよ」

事もなげに与太郎は言ったが、円城寺は怒りに満ちた顔で、なんとか立ち上がったものの、背中の痛みで息が苦しいのか、失神して倒れそうになった。与太郎が思わず抱きとめると、順庵が出てきて、手招きした。

「町方の旦那をこちらへ……診てみましょう」

順庵の部屋に運び込まれた円城寺は、痛みに悶えながらも、

「ちくしょう……ムササビ小僧め……み、見つけたら、八つ裂きにしてやる……」

と喘いでいた。

その掌からひらひらと落ちる絵を手にした順庵は、溜息混じりに、

「この茶壺が十両とか聞こえたが……だとしたら、屑屋も必死になるはずだ。町方の旦

那も、なるほど……そういうことか」

呟きながらも、慣れた手つきで円城寺の容態を診るのだった。

与太郎も心配そうに見ていたが、茶壺騒動が、自分にとって大きな災いになるとは、まだ思ってもいなかった。

だが、様子を窺っていたお蝶は、何かまた一騒動ありそうだなと感じていた。

――だから、関わらなきゃいいのに……。

と思いながらも、逃げた屑屋を追いかけようと、ひらりと立ち去っていった。

その姿を、小梅は何気なく見ていて、

「与太郎さん……あんた、あの女を囲ってるのかい？」

と訊いたが、与太郎は知らん顔で、順庵の治療の手伝いをしていた。

「ふうん……」

お喋り好きそうな小梅は、何故かわくわくした顔で、洗濯物を干し始めた。

第四話

黄金の宴

一

その夜も瀟々と雨が降っていた。良い気候になってきたのに、まるで梅雨のように降り続き、寒くて仕方がない。寺の鐘の音と犬の遠吠えが混じって聞こえた。

番傘を差して歩いてくるのは、武蔵片倉藩・江戸家老の田嶋軍兵衛であった。その少し前を、びしょ濡れの文吉が、提灯の明かりが消えないように風呂敷で覆いながら、トボトボと歩いている。田嶋はすっかり疲れ切った顔で、咳も続いている。

「ゴホゴホ……」

「大丈夫ですか、田嶋様……もう今日は、諦めて屋敷に帰りましょう」

労るように文吉は振り返ったが、田嶋の形相はまるで閻魔大王で、「そうはいかん」と嗄れ声で先を急げと言った。

まだ茶壺を探しているのだが、ちょっとした噂を耳にしては、田嶋は自らの足で訪ねていくのだった。だが、これまでは全部外れで〝龍吟の茶壺〟とは似ても似つかぬものだった。

とはいえ、屑屋が話していたとおり、どこにでもあるといえばあるような紋様である。将軍から拝領したとはいえ、窯元がどこかも分からなかった。一応、幕府の御用絵師が折り紙を付けていたが、それも紛失していたようで、所在は分からない。

田嶋と文吉の足取りは酷使された牛のように重くなり、さらに雨に打たれて、見窄らしいくらい情けない姿だった。田嶋の咳もしだいに酷くなってきた。

「――大丈夫ですか、ご家老……茶壺は必ずや見つかりますから、今日のところはもう、帰りましょう……」

「いや。もう一廻りしようぞ」

「でも、町方や屑屋を含めて、もう百ヶ所以上の陶器問屋や骨董屋に頼んでいるのです。果報は寝て待てと言うではありませんか」

「お、おまえは……家宝を見捨てろというのか……寝てなんぞおられぬ」

「そういう意味では……私はご家老のお体を案じているのです」

文吉は濡れながら、懸命に説得した。

「風邪を拗らせて田嶋様にもしものことがあれば、それこそ我が藩の大損失です。殿にもご迷惑がかかるのではありませぬか」

「あの壺に比べて、我が命など……返ってこないなら、死んだ方がましだ」

「また、そんなことを……」

「このお家の一大事に何もできぬくらいなら、さよう、雨に打たれて死にたい。ああ……ゴホゴホ……おい、薬はあるだろうな」

足下がふらふらとして、ゴホゴホ咳が続く田嶋を、文吉は労るように、

「こうなれば、もう探すよりも、似たような茶壺を買った方がよろしいのではありませぬか。繰り返しますが、屑屋も言っていたでしょう、どこにでもあるものだと」

「馬鹿を言うでない。実はな……おまえにも黙っていたが、あれは百万両の値打ちがあるものなのじゃ。ああ、まことの話だ」

「ひゃ、百万両——!?」

文吉は驚いてみせたが、まったく信用していなかった。田嶋は何でも大袈裟に言うくせがあって、家臣の間では〝法螺吹き軍兵衛〟と揶揄されているくらいだ。

「到底、そうは見えませんが……」

「お、おまえは……私の言うことを信じられないのか」

「ええ、まあ……」

「情けないことよ……私は別に、将軍家拝領の壺だからという理由だけで、あの茶壺を探しているのではない。百万両の値打ちの壺を処分して、此度の天保の飢饉に喘いでいる領民たちをなんとか救いたいのじゃ」

悲痛な表情で言う田嶋だが、文吉は俄に信用できなかった。訝しげに見ながらも、足

下に提灯をかざして、

「今日のところは帰りましょう。そのお話もゆっくりお聞きしとうございます」

「信じておらぬ顔だな」

「とんでもございませぬ……」

「〝法螺吹き軍兵衛〟と噂されていることくらい承知しておる。だが、法螺を吹くというのは、軍師の役目であり、敵を欺く潔い行為でもあるのだ」

「潔いかどうかはともかく、本当にさようなお宝の茶壺でしたら、じっくりと腰を据えてお探し致しましょう。御家老が自ら、雨の中を探しても埒があきません」

「う、うう……」

「泣かないで下さい。お気持ちは分かりますが、どうか御身を大切になさって」

「――さようか……文吉……年を取ると頑固になって仕方がない……たしかに今夜は冷える……帰って一風呂浴びるとするか」

「はい。そう致しましょう」

文吉が提灯を掲げて、さらに歩みを速めると、田嶋もついていったが、懐からハラリと絵図が落ちるのに気づいていなかった。

びしょ濡れになる絵図に――手を伸ばす男がいた。

やはり番傘を差している侍で、腰には赤い鞘の刀を差していた。

「若……これを……」

拾った男から受け取ったのは、速見達之助であった。赤鞘組の頭目である。他にも数人の手下たちがいる。

この雨の中、見廻っていたのは、誰かを脅して金を巻き上げるためではない。ある骨董商で〝龍吟の茶壺〟のことを耳にしたので、武蔵片倉藩の周辺を探っていたのだ。〝龍吟の茶壺〟は、速見家も上様から拝領した貴重なものだ。それを失ったとなれば、将軍家から咎めを受けて大変な目に遭うであろう。

だから、速見は旗本として仲裁に入るふりをして、紛失したことをネタに脅そうと考えていたのだ。小人閑居して不善を為すの典型だが、徳に欠けている自覚もなく品性の卑しい人間は、いつの世もいるものである。

「今の話、聞きましたか、若……これで、片倉藩を脅し、その上で、逢坂父娘も巻き込んで、加奈をモノにできそうですね」

手下はほくそ笑んだが、速見は絵図を眺めながら何か閃いたようだった。

「おまえたちは欲がないな……あはは……なるほど、そうだな……」

速見はいきなり番傘を投げ捨てると、空から落ちてくる雨を両手を広げて浴び、舞い踊るようにはしゃぎながら、

「あれが百万両な……あはは、ならば百万両の宴と参ろうではないか……大判小判がザ

クザク……楽しみだのう。わっはっは！」

と異様なまでに大笑いした。

手下たちは不気味そうに見守っていたが、しだいに「なるほど」という表情になって、速見と同じように傘を投げ捨てて、子供のように水溜まりに飛び込んで、はしゃぎ始めた。

そんな異様な光景を、今ひとり、濡れ鼠になって見ている者がいた。近くの屋敷の軒下に黒装束姿で小さくしゃがんでいるのは、お蝶である。

「百万両……だから、あんなに必死に……」

と呟きながら、ずっと雨の中で踊り続けている赤鞘組たちの姿を、目に焼き付けるように見ていた。


翌朝――雨はすっかり上がって、江戸らしい晴れ間が広がっていた。

料理屋『蒼月』では、お恵が早々と仕込み準備をしていた。近くの商家の手代や出商いの人々、職人たちを相手に、昼飯も出しているからである。

銀平は薄暗いうちから、〝朝千両〟と呼ばれる日本橋の魚河岸まで、今日の分の魚介類を仕入れに行っている。市場は目と鼻の先だから、江戸市中から集まる他の料理人や魚売りに比べれば楽ちんだと、銀平はいつも言っていた。

厨（くりや）にお恵が入ろうとしたとき、何か足下にあって躓（つまず）きそうになった。見ると、大きな桐箱がある。

「——何かしら……銀平さんのもの？」

観音開きになっている桐箱の蓋を開けてみると、中には茶壺が入っていた。

「あら……」

手で抱えて出してみると、なかなか立派なもので、勢いのある昇龍（しょうりゅう）の絵柄が藍色に焼き染められている。

「銀平さん……こんな風流な好みがあったんだね。さすが……」

と思いながら、桐箱に戻して奥に運ぼうとした。厨への出入りに邪魔だからである。

だが、持ち上げようとしたら意外と重い。そこへ、例の屑屋ふたりが入ってきた。

「ええ……屑い……」

蜂五郎は店の表から見ていたのであろう。

「おかみさん。ちょいと、それを見せてくれやせんかね。茶壺でござんしょ」

「あ、ええ……」

お恵が戸惑っていると、寅三が近づいて桐箱を抱え上げた。

「どこへ置きましょうか」

親切に手伝ってくれるのかと思ったお恵は、

「そうさね……とりあえず奥の小上がりに置いといてくれないかい」

「へえ。承知しやした」

寅三が桐箱を抱えて奥の方へ向かうと、蜂五郎はお恵の気を引くように、

「不要になった茶釜とか薬缶、鍋なんかはありやせんかね。引き取らせていただきますよ。もちろん、ちゃんと高値でね」

「ああ、丁度良かった。この前、空焚きして焦がしてしまった薬缶があるよ。それから、欠けた徳利とか古い丼なんかも始末してくれるかい。お金はいいからさ」

「さいですか、では遠慮なく頂戴いたしやす」

蜂五郎は揉み手で、お恵が厨の中から運んでくる薬缶や丼などを受け取って、「また何かあったら、よろしくお願いしやす」と軽快に声をかけて出ていった。

お恵は裏の井戸に廻って、水を汲んで水甕に運んできた。それを数度、繰り返しているうちに、銀平が河岸から帰ってきた。平らな籠に、鮃（ひらめ）や小鯛（こだい）、芝海老（しばえび）に浅蜊（あさり）、白魚から鰯（いわし）、穴子、牡蠣（かき）などが目一杯、載せてある。

「色艶がよいのばかりだねえ」

軽やかなお恵の声に、銀平も良いネタが揃って嬉しそうに、

「今日はウツボがありますよ。見た目は恐いし、がぶっと噛みつくやつ。でも、これが意外と美味い。刺身で食ってもたまりませんぜ。残った骨や皮から美味い出汁（だし）がでるか

ら、鍋にして雑炊にすりゃ上等でやしょ」

と言ってから、足下の桐箱がないのに気づいた。

「あれ……ここにあった……」

「茶壺かい」

「――見たんですか、女将さん……」

「悪かったかい。小上がりに移しといたよ。なんだか立派そうなものだけど、あれはどうしたんだい」

「え、ああ……知り合いから預かってんでさ。今日は返そうと思ってやしてね」

曖昧に言いながら、銀平は小上がりの方に行ってから、

「女将さん……どこに置いたんです」

と振り返った。

「そこにあるはずだけど？」

お恵も小上がりの前に行くと、何もなかった。いつもの食台があるだけだ。

「おや、おかしいねえ……たしかに、屑屋が運んでくれたんだけどねえ」

「えっ。屑屋……!?」

銀平の胸中に嫌なものが広がった。

「そいつは何処へ行きやした」

「ああ、そういや、でっかい方は裏から出ていったのかねえ。小柄な人には、焦げた薬缶や欠けた徳利なんかをね……」

不思議そうに首を傾げるお恵だが、すべてを聞き終わらないうちに、

「しまった！　あいつらだなッ」

何か勘づいたのか、銀平は裾を捲り上げると店から飛び出していった。

「ちょいと、銀平さんッ……仕込みはどうするんだい。ちょいとってばさあ」

訳が分からず、困り顔になるお恵だが、仕方なく、自分ひとりで仕度を始めた。魚を捌くのくらいはお手の物である。器量よしだから芸者になれると置屋に連れてこられる前は、上総一宮（かずさいちのみや）の漁師の娘だったからである。

そこに、与太郎がぶらりと入ってきた。

「おや、旦那。お早いですねえ。朝湯の後なら、朝酒はどうです」

「あはは。それは勘弁してくれ」

「旦那のような下戸は初めてですよ。『酔うた酔うた……これでは、本当の酔う太郎……与太郎だわいなあ』と名調子で」

「お恥ずかしい。あの夜のことは、まったく覚えてなくてな」

「ほんと、与太郎の旦那ったら、意地悪なんだからあ。私にあんなことや、こんなことも……覚えてないくらい、気持ちよかったってことですね」

「悪い冗談はいけないな。女将さん、自分の値打ちを下げてしまうぞ」

「説教は御免ですよ……もしかして、バレちゃ困る人がいますか」

お恵は少し焼き餅を焼いたかのように横目で睨んで、

「私が連れ込んだのだから、大家面はしたくありませんがね……与太郎さんは、女をとっかえひっかえ部屋に入れているとか。誰から聞いたとは言いませんがね」

「それはない」

与太郎は断言したが、お恵は近づいてくるや、悔しそうに袖を掴んで、

「では、お聞きしますが、お蝶ってのは誰なんです」

「えっ……ああ……」

困ったように目を逸らす与太郎を、お恵はじっと睨んで、

「一緒に住んでいる人がいるなら、一応、大家に報せて貰いたいんだけど。誰が住んでるか、町名主に届けなきゃいけないもんですからね」

「いや。あれは一緒に住んでいるのではない。俺を警固している、らしい」

「らしいって……言うに事欠いて、警固役ですか。あはは、そりゃいいや。だったら、与太郎の旦那。一生、私の警固をして下さいな」

艶(あで)やかなまなざしになって手を握ると、与太郎も握りかえして、

「女将さん、随分と手荒れが酷いな」

と言った。すぐに手を引っ込めたお恵に、

「順庵先生から、軟膏でも貰ってくるよ。お恵さんは働きすぎだ」

「鈍いんだか、惚けてるんだか……ほんと小憎らしい人」

お恵はまじまじと与太郎の顔を見て、

「でも、知ってますよ。本当は、さる藩の御家老の身分で、万が一のときは藩主になる家系の御曹司でいらっしゃる……んでしょ」

とニッコリと笑った。

「――誰が、そんなことを……」

「実はね、酩酊した翌日、あなたの御家来と名乗る方たちがぞろぞろ来て、事情を話していきました」

羽織袴姿の鹿之助、猪三郎、猿吉、熊蔵が揃って、様子伺いに来たというのだ。そのときに、荻野山中藩の江戸家老であることをきちんと銀平とお恵に報せて、粗相の無いようにと念を押したらしい。

「もう、吃驚しちゃった……でも大丈夫。口止め料、貰ってるから」

「えっ……」

「冗談ですよ。長屋の店賃、前払いして貰ってますから、安心して住み続けて下さいませ。ですから、お蝶って人が、警固役だってことも、まあ一応、信じてあげましょうかね。みんなには内緒にしておきますから……うふふ」

「何がおかしいんだね」

「だって……旦那と私の秘密……なんて、ちょっとドキドキしちまって……よろしくお願いしますね。与太郎様」

「あいつら、余計なことをしやがって……」

本当に困った奴らだが、与太郎が店に立ち寄ったのは、ムササビ小僧の素性について、聞きたかったからである。あの夜、与太郎は酔っ払ってはいたが、ずっと銀平と仁吉が交わしていた話を、二階から耳にしていたのだ。遠くの小さな声でも、猫のように聞き取れるからだ。

「ムササビ小僧の素性ですか……そんなこと、なんで私が……」

知るわけがないと、お恵は首を振った。

「そんなはずはなかろう。銀平が本物のムササビ小僧なんだからな。だが、今、ちょっと騒動になってる〝龍吟の茶壺〟を盗んだのは、どうやら仁吉の方のようなのだ」

「――何の話です……？」

お恵は本当に何も知らないようだった。

「女将さんが知らなければ、それでいいのだ。何でも知っている仲のようだったからな、銀平がムササビ小僧だということを、知ってるとばかり思ってた」

唖然として聞いていたお恵は、また大きな口を開けて笑った。

「あはは。これはいい……うちには名泥棒と大名家の御家老様が、素性を隠して潜んでいるってわけですね。あはは……常連の客には黙っておかなくちゃ。では、今度はお酒抜きでしっぽりと、ねえ与太郎様……」

「だから、やめてくれって……」

嫌がる与太郎に、お恵は抱きつく仕草をしてから、襷がけを整え直し、「どうせ暇なんだろうから、手伝って下さいな」と軽く与太郎の尻を叩いた。

二

町方与力や同心たちが住む八丁堀組屋敷の近くに、薬師堂（やくしどう）がある。そのすぐ裏手に船小屋のような古い平屋の建物があった。ここに、蜂五郎と寅三は寝泊まりしており、集めたガラクタも置いてあった。

ガラクタといっても、ある人にとってはつまらない物でも、別の人にとっては宝と思えるものがある。此度の〝龍吟の茶壺〟とて何処にでもある焼き物の類だが、上様から賜ったという貴重なものだから、武蔵片倉藩・永井家にとっては家宝の値打ちがあるのだ。

「……だから、十両を払ってでも見つけ出したいんだろうよ」

蜂五郎と寅三は、今し方、『蒼月』から持ち逃げしたばかりの桐箱を開けて、中にある茶壺をまじまじと見ていた。

「分かるか、寅三……」

「いいや、全然分かんねえ。そもそもよくある柄だし、なんでそこまで値打ちがあるのか分かんねえ」

「そりゃ、将軍家から……」

「そうかもしれねえが、どうもな……もっと他に理由があるような気がする」

いつもは酒ばかり飲んで腑抜け同然の寅三だが、勘が働いたのか、珍しく蜂五郎に意見をし始めた。

「だってよ、おたふく長屋から持ってきたアレは、偽物だったじゃないか……偽物ちゅうか、片倉藩のお宝じゃなかった」

実はあの後――ふたりは十両欲しさにすぐさま武蔵片倉藩上屋敷まで突っ走り、田嶋に会って茶壺を渡したのである。だが、紋様が微妙に違うのか、何か特別な目印があるのか、田嶋から、

「これではない」

と突っ返されたのだ。

仕方なく持ち帰ったのだが、その後も、あちこち走り廻り、昇龍の紋様の茶壺を片っ端から集めていたのである。だから、小屋の中には、似たような茶壺が百個ほど置かれている。悉く違うと田嶋に突っ返されたが、捨てるに忍びなく保管しているのだ。売っても大した金にはなるまい。

「で、寅三……他に訳がありそうだってのは、どういうことだい」

「よくよく考えてみりゃ、上様が一々、どっかの藩主にくれてやった茶壺のことなんか覚えてると思うか？　それどころか、偉い役人が勝手に決めて渡しただけで、上様の預かり知らぬことかもしれないじゃねえか」

「だからって……」

「ご公儀の偉い誰かが、『あの茶壺はあるか』と調べにくるわけがないだろ」

「まあな……」

「だったら似たようなのを置いといても、別に構わないじゃねえか」

「いや、家宝とはそういうもんじゃねえぞ。俺だって元々は、上州(じょうしゅう)のちょっとした庄屋の倅だが、代々続く先祖からの……」

「おまえの自慢話はいいよ。どうせ俺は、おまえんちの小作あがりだよ。だが、小作は毎日、働いているから、勘が研ぎ澄まされてるんだ。田嶋様が十両払ってでも取り戻したい訳が他にあるんだ」

「だから、寅三。それは何だと訊いてるんだ」

「あはは……馬鹿かおめえ。それが分かりゃ、苦労はしねえよ」

「チッ。話にならねえな……」

舌打ちした蜂五郎が何気なく茶壺をひっくり返してみると、裏底には「丸」印が朱墨で描かれている。少し薄れているが、明らかに目印のために付けたものであろう。

「おい、これ……」

蜂五郎が見せると、「これだ！」と寅三は飛び上がって、鴨居で頭を打った。

「いてて……これに間違いない……だってよ、田嶋様は色々、見てはいたが、あれは見てるふりをしてただけで、必ず茶壺の裏底を見てただろ」

「そういや、そうだな……」

「おまえは、いつも偉そうにしてるくせに、肝心なことには鈍いんだな、蜂五郎」

「うるせえ。だから、なんだってんだ」

「田嶋様が探しているのは、これに間違いない。しかも、十両どころの値打ちじゃねえ、何かあるんだ。もしかしたら百両、いや千両の値打ちがある代物かもしれねえ。だから、雨の中でも毎日、探し廻ってるんだ」

「そうなのか？」

「町のみんなが話してるじゃねえか」

寅三は傍らに置いてあった徳利酒の栓を抜いて、ぐいっと一口飲んだ。蜂五郎はその手を摑んで止めた。

「際限なく飲むからな、おめえは……べろべろになる前に、いい智恵があるなら、今、ここで出しちまいな」

「我ながら、いい考えだと思うぜ」

「だから、なんだ」

「この壺が、片倉藩の家宝だとしたら……」

「あっ。分かった。こいつを〝人質〟にして身代金を貰う。つまり、十両じゃなくて、百両くらいまで値を吊り上げる。そうだろ」

蜂五郎が肩を叩くと、寅三はキョトンとしていたが、

「……なるほど。そっちの方がいい考えだな。交渉は口八丁手八丁のおまえに任せる」

と笑った。

そのとき、カタッと部屋の片隅で音がした。

吃驚したふたりは同時に振り返ったが、人の気配はない。寅三の方が立ちあがって音のした方に近づこうとすると、

――チュウ、チュウ……。

と、か弱い鼠の泣き声がした。

「なんだ、ねず公か……そろそろ、ここも引き払わなきゃ、近頃は溝鼠まで入ってきてるからな」

　奥の大きな甕の裏に潜んでいたのは——黒装束のお蝶だった。


　早速、片倉藩邸に向かった蜂五郎と寅三は、田嶋と会って直談判しようとした。

　だが、先客がいて、控えの間で待たされることになった。武家屋敷の中はどうも落ち着かない。しかも、茶壺を〝人質〟にして、少しでも高値で取り引きしようという下心があるから、緊張していた。

　先客とは、速見達之助だった。赤鞘組の頭目であることは、蜂五郎たちも知っている。絶対に関わりたくない相手だ。

　対面している田嶋も、大身旗本の息子が来訪したことに、少なからず畏れ入っているようだった。しかも、いずれ目付頭になる身分である。田嶋とて大名の家老とはいえ、立場が違いすぎる。

「——これだよ、田嶋殿……篤と手に取って、ごろうじろ」

　速見が言うと、連れてきた家来が、桐箱に入った茶壺を差し出した。それは、まさしく〝龍吟の茶壺〟である。

「お、おお……」

田嶋は興奮気味に、茶壺を眺めた。

「そこもとが探していたのは、これではないか。なに、うちにも骨董商は出入りしているのでな、小耳に挟んだのだ。そして、手の者に命じて探していると……ひょんな所で見つかった」

「ひょんな所……」

訊き返す田嶋に、速見は苦笑いで、

「まあ、それを訊くのは野暮というもの。こっちは必死に探し出し、こうして持参した……幾ばくかの礼を戴ければ、それでいい。そちらは家宝が戻ってきたのだから、八方丸く収まるというものだろう」

「ええ、そうですな……」

田嶋は茶壺を手にして、隅々まで舐めるように見ており、裏底にも目をやった。速見はせっつくように訊いた。

「ずばり言おう。千両で手を打とうではないか」

「せ、千両……」

「うむ。千両箱ひとつで、家宝を取り戻せるのだから、有り難いであろう」

「――速見様……礼金はお支払いしますが、千両とは、いささか足下を見すぎではございませぬか。さすが赤鞘組でございますな」

「おいおい。人の親切に対して足下を見すぎとは、無礼ではないか。しかも……この茶壺は、百万両の値打ちがある……だろ」

速見がほくそ笑むと、

「ええ！　ひゃ、百万両……!?」

と突然、素っ頓狂な声が、控えの間から起こった。話を聞いていた蜂五郎と寅三が同時に、襖越しに発したのである。蜂五郎は思わず、指先が入るくらい襖を開けて、隣の座敷を覗き見た。

すると、チュウチュウ――と鼠の泣き声がした。驚いた寅三が辺りを見廻しながら、隣で覗いている蜂五郎の肩を軽く叩いて、

「ねず公が、ついてきたのかな」

「そんなわけねえだろ。鼠なんて、何処にでもいらあ」

ひそひそと話しているつもりだが、隣の座敷には洩れ聞こえている。速見が襖の方を見たが、田嶋は大して気にする様子もなく、

「屑屋を待たせておりますので……速見様、何処でさような話を聞いたか知りませぬが、百万両などと……あり得ません」

「おまえの口から聞いたのだ」

「え……？」

「雨の夜、中間に話していたではないか」

速見がニンマリと笑うと、田嶋は驚いた顔で押し黙った。

「であろう、田嶋殿……それほどの値打ちならば、家宝中の家宝だ……だとしたら、千両どころか一万両戴いても、そちらは痛くも痒くもないのではないかな」

「な、なにを馬鹿な……」

「狼狽しているそこもとの顔を見ているだけで、真実が分かろうというものだ」

脅すように迫る速見の顔を、田嶋はしばらくまじまじと見ていたが、

「申し訳ありませぬが、お引き取り下さい」

とキッパリと言った。

「本当によいのか、それで」

「はい、結構でございます。これは、私どもが探している〝龍吟の茶壺〟ではございませんので……悪しからず」

「――なんだと……」

「しかし、あちこち探してくださったことには感謝致します。些少ですが手間賃を……」

田嶋は巾着から一両小判を取り、懐紙に包んで差し出した。

「貴様……馬鹿にしているのか。人の親切を、かようなもので、誤魔化すつもりかッ」

いきなり速見は激昂し、事と次第では容赦なく斬るとでも言いたげに腰を浮かして赤

鞘に手をかけた。

そのとき、廊下から浪人姿の侍が駆け込んできた――それは逢坂であった。

すぐに逢坂は、茶壺を自らの手で調べてみて、

「これは、当藩が上様から戴いたものではありませぬ、速見様……」

「逢坂……何をふざけたことを言うておるのだ」

「ふざけているのは速見様の方です。私は今、浪々の身ではありますが、当藩のお世話になっていたときは家中の財務を扱っており、当然、家宝を含めて、大切な品々を管理しておりました。これは断じて、当家のものではありませぬ」

「貴様、適当なことを……そもそも、おまえはお払い箱になったのではないのか」

「ええ。ですが、あなた様が〝龍吟の茶壺〟を持参すると田嶋様から聞いたもので、目利きに馳せ参じたのです」

「偽物だというのか」

「そうではありません。しかし、これは速見様……あなたのお父上が、上様から拝領した物ではありませぬか」

ほんの一瞬、速見の目が泳ぐのを、田嶋は見逃さなかった。

「知らぬな……これは、探し出してきたものだ」

「さようですか、ならば速見家の物ではないということですね」

「さよう」

「ならば、遠慮なく……」

逢坂は脇差しを抜き払うと、素早く峰に返して、茶壺をガチャンと割った。見事にまっぷたつに割れ、破片が少し飛んだ。

「おっ……な、何をする！」

速見は狼狽して、割れた茶壺に手を伸ばそうとするが、逢坂は止めて、

「大丈夫です。この割れ方ならば、金継ぎをすれば尚一層、値打ちが出るかもしれませぬ。ですが、そもそも……これと同じ絵柄の茶壺は、上様が旗本や外様の小藩の大名に、千個以上も配ったものです。百万両もするわけがないではないですか」

「お、おまえ……」

「もしかしたら、速見様も拝領しているかもしれませんので、それは大切にしておかれるのがよろしいでしょう」

逢坂が淡々と述べるのを、速見は苦々しく唇を噛んで睨んでいた。

「お、覚えておれよ、逢坂……貴様、只では済まぬぞ」

「え？　私が何か致しましたかな。ガラクタでしかない壺を割っただけです。もし、本物をご持参いただければ、それこそ千両も夢ではないかもしれませぬな」

どうだとばかりに言う逢坂に、速見はもう一度、脅しの文句を垂れたが、

「娘も絶対に差し出しませんので、どうぞご勘弁下さいまし。他に惚れた男もできた由(よし)」

と逢坂は言った。

「他に惚れた男だと……」

苛々とした顔でさらに睨みつけた速見は、憤懣(ふんまん)やるかたないという態度で立ち上がり、そそくさと立ち去ったのであった。

「——見事じゃ、逢坂……この際、おまえを我が藩に戻してやりたいのは山々だが……知ってのとおり、我が藩は窮状でな……」

「では、お探しの茶壺を見つければ、再仕官は叶いますでしょうか……」

「もちろんだ……よしなに頼むぞ……」

田嶋はその場凌ぎなのか、曖昧な言い草で頷いた。そして、襖を開けて、控えの間を覗くと、蜂五郎と寅三の姿はなかった。

「おや……なんだ。それらしきものを見つけたとのことだったが……」

「今のやりとりを見ていて、恐れをなして逃げたのではないでしょうかな。蜂五郎と寅三なら、うちの長屋にあった茶壺も、子供から奪ってまで持ち逃げした輩ですからね。奴らの居場所は分かっております。見つけ次第、意見しておきます」

逢坂はそう言ったが、何やら別の狙いがあるような目つきになった。

「そうか……とにかく探し出してくれ……でないと、私は……」

　相変わらず、田嶋は情けない声で座り込むのであった。

三

　蜂五郎は、風呂敷にしっかり包み込んだ茶壺の入った桐箱を、大切そうに抱えていた。その後から、寅三も周りを気にしながらついてきていた。

　まっ昼間で、出商いの商人やボテ振りの物売りたちが額に汗して働いている。だが、このふたりが流しているのは冷や汗だった。

「おい……それ、どうするんだよ」

　寅三は不安そうに、急ぎ足で歩く蜂五郎の背中に声をかけた。

「ひゃ、百万両だぞ、百万両……それを、あの田嶋の爺イは十両だとぬかしやがった。とんでもねえやろうだ」

「爺イってほどの歳じゃねえだろう」

「そんなことはどうでもいい。狸爺イであることには変わりはねえ」

「だから、どうするんだよ。えらい値打ちものだとしても、買う奴がいなきゃ、ただのガラクタじゃねえか。そんな凄い茶壺なら、吹っかけたら、百両くらいはすぐに出したんじゃねえかな」
「さあ、どうかな……欲に惚けた奴らは、イザとなったら何をするか分かんねえから
な」
「おまえだって欲かいて、もっと高く売りつけようって魂胆だろうが」
「そりゃ、そうだ。せっかく見つけたんだからよ。百万両だぞ、百万両！ 本阿弥家と
かに見て貰ってからでも、遅くあるまい」
本阿弥家とは将軍家直属の刀剣目利きだが、書画骨董の鑑定から売り買いなどもして
いた。そこに持ち込んで、金にした方が楽して稼げると思ったのだ。
「だが、そんなに上手くいくかなあ……下手すりゃ、こっちがお縄にならねえか」
訝しむ寅三に、蜂五郎は振り返って、険しい顔を向けた。
「おまえも聞いてただろ、赤鞘組の速見様とのやりとりを。あの極悪非道を尽くしてる
赤鞘組の頭目を、脅して追い返したんだぞ。俺たちなんか、もし秘密を知ったら、ぶっ
た斬られるに違いねえ」
「た、たしかに……」
「その前に、それなりの金に換えて手放そうじゃねえか、なあ」
蜂五郎はさらに茶壺を抱え込むと、さらに歩みを速めて、自分たちの小屋に帰ろうと
したが、急に角を曲がって違う方に向かった。寅三は慌ててついていきながら、しばら

くうろうろしていたが、

「どうしたんだよ、おい……」

「なんだか、嫌な予感がするんだ。家に帰ったら、とんでもないことが待ってるような気がするから、今日はどっかに泊まろう」

「悪いこと考えてるから、そんなことを思うんだよ。帰ろうよ」

「いや。良いことは当たった試しがねえが、悪いことは腐るほど当たってきた。虫の知らせってやつだ」

「でも、どっか木賃宿に泊まっても、そこが火事になって焼け死んだら、元も子もないじゃないか。大人しく帰ろう」

「おまえも随分、物事を悪い方に考えるよなあ……じゃ、こうしよう」

　蜂五郎は道端に落ちていた棒切れを立ててクルクルと廻した。倒れた方は、八丁堀の方を指している。

「――やっぱり帰れってことか……」

「だな……」

　ふたりはこれまでも、何か迷ったら、こうして決めていた。蜂五郎と寅三は、自分たちの塒（ねぐら）に帰るのだった。

　すると、小屋の前の天水桶（てんすいおけ）の所で待っている男がいた。銀平である。

「よう……」

軽く手を上げた銀平を見て、蜂五郎は立ち止まると、

「嫌な予感が当たったじゃねえか……」

と呟いた。

「おまえたちだな。うちの女将さんを騙くらかして、その茶壺を盗んだのは」

「ぬ、盗んだって……人聞きの悪いことを言わないでくれよ、銀次さん」

「銀次じゃねえよ、銀平だよ」

「どっちだって、いいじゃないですか」

「よかねえよ。さあ、返しな」

「これは、ガラクタだからって貰ったんですよ」

「嘘をつくな。それは人から預かった大事なものなんだ」

「え……？」

蜂五郎は大袈裟に首を傾げて、寅三に「しっかり守れ」と預けてから、銀平に近づいて、下から睨み上げた。

「妙なことをおっしゃいやすねえ」

「何がだ」

「どなたから預かったんでやす。そんな大事なものを」

「それは……」

言い淀んだ銀平に、蜂五郎は曰くありげな目つきになって、

「実は、これはね……武蔵片倉藩から、ムササビ小僧に盗まれた茶壺なんでさ」

「………」

「まさか、ムササビ小僧から預かった……なんてことはないでやすよね。もし、そうなら、円城寺の旦那に報せなきゃならねえ。ねえ、銀次さん、誰から預かったんです」

「銀平だよ」

「あ、そうでしたね、銀平さん。あっしら、これはちゃんと武蔵片倉藩の家老、田嶋様に頼まれて探してたんですからね……お届けするまで、こちらでちゃんと保管しておきやす」

まるで銀平に鎌を掛けるように、蜂五郎は言った。すると、銀平は意外にも、

「そうかい……おまえらが返してくれるなら、それでいいや」

と言った。

「だがよ。もし、くすねるような真似をしやがると、おまえたちがムササビ小僧だって、俺は触れて廻るからな」

「えっ……」

「だって、そうじゃねえか。なんだか知らねえが、おまえたちは〝龍吟の茶壺〟らしき

ものだけを、たんまり集めてる」

ギラリと睨みつけた銀平の目つきは、昔のやさぐれていた頃のもので、蜂五郎と寅三
はぞくっとなった。

「なんで、知ってるんだ、そのことを……」

「おまえたちの小屋の中は、龍の紋様の茶壺だらけじゃねえか。ざっと見て、百個は下らないな。そんなに集めてどうするんだ」

「どうするって……あんたにゃ関わりないじゃないか」

突っぱねるように言うと、銀平は鋭い眼光のまま、

「じゃ、その壺は武蔵片倉藩に返すんだな。後のことは知らねえぜ」

突き放すように言うと、ひと睨みして立ち去るのだった。

「な、なんだ。あいつ……何か知ってるのかなあ……」

蜂五郎は妙な不安をまた覚えたが、小屋の中に入ると、またギョッとなった。小屋の片隅に人影が立っていたからである。

「だ、誰でえ！」

思わず蜂五郎が怒鳴るように訊くと、丁度陰になっていた奥から悠然と現れたのは、先周りして来ていた逢坂であった。

蜂五郎は、その顔を見て、さらに驚いた。たまに大通りで見かける蝦蟇の膏売りの浪

人であり、さっきチラリと襖の隙から見たばかりの侍だったからである。しかも、〝龍吟の茶壺〟を叩き割って、速見を追い返した当人だった。

「随分と帰りが遅かったじゃねえか。それが、本物の〝龍吟の茶壺〟ってわけか」

逢坂が揺さぶるように訊くと、蜂五郎も寅三も惚けて首を振りながら、

「違うよ。これは……さっき拾ったんだ」

「おかしいな。田嶋様の話じゃ、十両欲しさに持ち込んで来たってことだが。本物かどうか、俺が見てやろう」

「え、でも……」

「襖越しに事情を聞いていたであろう。本物ならば、十両で手を打とうではないか」

「――それより先に、ここにある奴を、調べてみてくださいな。苦労して、こんなに集めたんだから」

「言われなくても幾つか見てみたが、どれもこれも武蔵片倉藩のものではないな」

「もっと、ちゃんと見て下さいよ」

蜂五郎が語気を強めると、逢坂はおもむろに刀を抜いた。ギョッとなって、蜂五郎と寅三は後退りしたが、逢坂は無言のまま、次々と刀の峰で茶壺を割り始めた。ガラガラガシャンと物凄い音を立てて、茶壺が粉々になっていく。

「見てのとおり、焼きの甘い壺はバラバラになる。だが、そこそこ立派なものは、パカ

ンと割れるのだ。さあ、それを見せろ」

逢坂は脅すように言ったが、蜂五郎たちも好き勝手されては黙っていられない。

「旦那……安物かもしれねえが、これは銭出して仕入れた売り物なんだ。食い扶持なんだ。弁償して貰いましょうか」

「なるほど。そう言われればそうだな」

「何をすっ惚けたことをッ。そんなだから、用無しだってクビにされるんだよ。藩にとって大切な人材だったら、絶対に辞めさせるなんてことはないだろうによ。田嶋様にとっても、あんたより壺の方が大切だってこった」

蜂五郎に痛いところをつかれて、逢坂は愕然（がくぜん）となった。

「なんだよ……急にしょぼついた面になりやがって」

「——ああ、たしかに俺は……用無しかもしれぬ……藩にとっても世の中にとっても、いてもいなくてもいい人間だ……こんな父親を持ったせいで、ひとり娘の加奈にまで苦労をかけっぱなしだ……」

「おいおい。なんだよ……」

「そうだな……屑屋にガラクタ扱いされてるんだから、俺もそろそろまことに用無しだな……蝦蟇の膏すらろくに売れないくせに、おまえたちのことを屑屋だなんて、小馬鹿にしていたのも、人でなしの証だ」

逢坂はさらに情けない顔になり、どんよりと曇った声で、

「俺なんか……いなくなった方がいい……加奈のため、御家のため、主君のため……ああ、そうしよう。それがいい」

と刀を放り投げて床に座り込むと、脇差しを抜き払って腹にあてがった。

「介錯を頼む」

「──じょ、冗談はやめて下さいよ、旦那……茶壺を壊された上に、ここを血で汚されてはたまりませんよ。どうしても、やりたきゃ、外でお願いします」

「そうだな……迷惑をかけた……」

覚束ない足取りで表に出た逢坂は、天水桶の側に座って、

「花が舞う嵐も清き青空に、今旅立ちの鶯の声……」

と切々と吟じた。

辞世の句のつもりだろうか、切羽詰まった顔になった逢坂は、着物の衿をずらして、晒しを巻いた腹を出すと、その上に脇差しの切っ先を突きつけた。

「旦那ッ。ま、待って下さい」

「む……」

「ここで、やらないで、もうちょっと向こうでやって下さいやせんか」

「──済まぬ……最期の最期まで、配慮が足らなかったな」

逢坂は立ち上って二、三間ほど先の辻まで歩いていくと、そこに座り込んで、同じように脇差しの切っ先を腹に当てた。見かねたように、寅三の方が駈け寄って、

「旦那、それはいけやせんや。よしておくんなせえ。茶壺なら、ほら」

と桐箱を差し出した。

「どうぞ。お持ち帰り下さいませ」

「な、何を言い出すんだ、寅三！　勝手なことをするんじゃねえ」

蜂五郎は桐箱を奪い返そうとするが、珍しく寅三は怒声を発した。

「ふざけるねえ、蜂！　おまえ、それでも人間かい。こうして命まで賭けているんだぜ。何とも思わねえのかい」

「——と、寅三、てめえ……」

諦めきれずに蜂五郎が摑みかかると、寅三はドンと関取のような大きな手で押し返した。一発でくらくらとなって尻餅をついた蜂五郎を横目に、

「さあ。逢坂様。気を取り直して、どうか切腹なんてことは、およしなせえ。死んだら鼻水が出なくなりますぜ」

「死んで花実が咲くものか……と言いたいのか」

「そうとも言いやすね」

「ふむ……かような俺に情けをかけてくれるとは……人生、捨てたものではないな」

「へえ、あっしら屑屋ですから、なんでも拾っておりやす」

逢坂は気が落ち着いたのか、脇差しを仕舞い、着物を直して立ち上がった。寅三はいつのまに拾ってきていたのか、ほうり投げられた刀も渡した。それも鞘に戻した逢坂に、寅三は桐箱を差し出した。

「かたじけない……」

受け取った逢坂は深々と礼をすると、表通りの方に向かうのであった。

「――寅三……てめえってやつは……」

塀にしがみつくようにして腰を上げた蜂五郎は、憎たらしそうに寅三を見上げた。その肩を、寅三は軽く叩いて、

「大丈夫だよ、蜂五郎。あいつがドタバタしている間に、あの箱の中は、別のと入れ替えておいたから」

「えっ……」

「裏底に、朱墨で印がついたやつは、天水桶のとこに、ほら……」

と寅三は指さした。その先を見て、

「あっ……ない！　ない、ない、なくなってる！」

慌てて駆け出した寅三を追って、蜂五郎も天水桶の前まで来たが、〝龍吟の茶壺〟は何処にもない。

「おい。本当にここに置いたのか」

「そうだよ。ちょっと、ここに……水桶の陰だから、誰にも見られないと思って。ちょっとだけの間だからと……」

「馬鹿、このやろう！」

蜂五郎は寅三の腹を思い切り殴ったが、びくともしなかった。それどころか反動で自分が倒れてしまった。

「なんだよ……元の木阿弥(もくあみ)じゃねえかよ……」

地面に平伏(ひれふ)したまま、蜂五郎は悔しそうに泣き崩れた。

それを——一部始終見ていたのか、近くの路地に立っていた与太郎が呟いた。

「何事も上手くいかないものだな」

「な、なんだと……」

ギラリと見上げた蜂五郎に、与太郎はニッコリ微笑みかけて、

「でも、おまえたちの手を離れたんだから、ムササビ小僧と間違われなくて済んで、良かったんじゃないか？」

何もかも見抜いたような言い草に、「なんだと！」と蜂五郎は悪態をつこうしたところに、鼠の鳴き声がチュウチュウと聞こえてきたので、

「うるせえ！　ねず公！」

と八つ当たりぎみに、蜂五郎は怒鳴るのであった。

四

おたふく長屋の一室で、お蝶が繕い物をしながら、傍らで寝そべっている与太郎に小声で話しかけていた。

「……ですから、隣の逢坂さんが、盗まれた〝龍吟の茶壺〟を持ち帰ることができれば、再び武蔵片倉藩に取り立ててもらえるかもしれません」

「さあ、それはどうかな。却って疑われては元も子もない」

「でしょうか……」

「こっそりと盗まれた蔵に返しておくのがよいと思うぞ。お蝶、おまえなら簡単にできるだろう」

「都合の良い女にしないで下さい」

「ちょっと意味が違うと思うがな……おまえがやらないなら、銀平がやると話しているから任せるとするか」

「親分に子分の尻拭いをさせるってことですか」

「銀平は足を洗ってるし、そんなことをさせるのが嫌だから、おまえに頼んでいるのになあ……」

「私が尻拭いですか……」

「とにかく、逢坂さんのことは逢坂さんのこと、此度のムササビ騒動とは別に片付けた方がいいだろうな」

与太郎は素直な意見を言っただけだが、お蝶はそれに〝赤鞘組〟が絡んでいるから厄介だと話した。自分が調べたところでは、一筋縄ではいかぬタチの悪い者たちで、世の中に迷惑ばかりかけているから、何とかしなければならない。お蝶が強い口調で言うと、与太郎は小首を傾げて、

「世の中、そうそう悪い奴はいないと思うがな。あいつらだって、そういうことをする何らかの事情があるのだろうよ」

と庇うかのように言った。

「相変わらず甘いですね、与太郎様は……箱根や小田原とは違いますよ。だから、鹿之助や猪三郎さんたちも、〝赤鞘組〟については調べてます。与太郎様のことを逆恨みしているようだし、万が一、危害が及んではいけませんからね」

「そりゃないだろう」

「いいえ。江戸には平将門(たいらのまさかど)の怨霊が巣くっているとも言われています。ですから、まっとうな人間でも、知らないうちに悪に染まっていくのですよ」

「本気で言ってるのか。だったら荻野山中藩に帰ったらどうだ」

「そのつもりです。もちろん、与太郎様も国家老、もしくは幼き清之助様が成長するまでの、藩主代理としてね」

「また、その話か……」

うんざりしたと与太郎が寝返りを打ったとき、お蝶がそっと身を寄せた。まるで背中から抱きつくような感じである。

「じっとしていて下さいね……与太郎様」

「えっ……」

「動かないで下さいまし」

そのとき、戸口から、加奈が入ってきた。手には大きな風呂敷包みを抱えている。

丁度、間の悪いときに来たと思ったのか、

「申し訳ありません……ここに置いておきますので……」

「あ……？」

起き上がった与太郎の勢いで、お蝶がよろけたので、加奈はもう一度、謝って、

「父の着物ですが、洗い張りしたものを仕立て直しました。与太郎様に合うかどうか……目分量で縫いましたので、もし寸法が違っていれば直します」

と言うと、顔を赤らめ、逃げるように立ち去った。

「――なんだか、誤解されちゃったみたいね」

そう言いながらも、お蝶は嬉しそうに微笑んで、

「与太郎さんの髷に這っていた、これを取ってあげただけなのに……」

と針に突き刺した百足を見せた。

「む、む……百足……ひええ！」

与太郎は白目を剝いて卒倒しそうになった。

「あら。山育ちなのに、百足が苦手でしたか……へえ、そうですか。与太郎さんにも弱味がありましたか、あはは」

お蝶はわざと百足をちらつかせて、おかしそうに笑いながら土間に降り、百足を竈の炭火に投げ込んだ。

「まあ。よく燃えること……」

満足そうに頷いてから、お蝶は加奈が持ってきた風呂敷包みを開けてみた。綺麗に糊を利かせて、折り畳んだ地味な柄の着物だが、

「へえ……立派なものですね……加奈さん、こんなこともできるんだ。しかも、寸法も見た目だけで、よく……」

と感心しながら、与太郎を立たせて、あてがった。

「本当にピッタリだな」

嬉しそうに与太郎も袖の長さなどを合わせてみていると、しだいにお蝶の顔が不機嫌になってきた。

「……もしかして、ここで、ふたりきりで採寸とかしましたか」

「いいや」

「怪しい……どうも臭いますねえ……」

「なんだ。その女房みたいな言い草は……よせ。離れろ、馬鹿、おいこら」

などと与太郎とお蝶がじゃれ合っている姿を、表から窓越しに見ていた加奈の表情が、寂しく切なそうに変わっていった。

浪人で無収入の父親を支えるため、加奈は洗い張りの仕事もしている。

洗い張りは、着物をすべて糸を抜いて、洗濯をして日陰で何日か干した上で、また元どおりの着物に仕立て直さねばならず、かなり手間がかかる。それをひとりでこなすのだから、重労働でもある。

今日もこの後——仕上がったものを、古着屋に届けに行った。

その帰り道のことだった。日本橋を渡って、堀川沿いの道に入ったとき、柳並木の陰から、ふいに数人の人影が現れた。

——あっ……。

と加奈は足を止めた。相手が何者かはすぐに気がついた。

踵を返してもと来た道に戻ろうとすると、路地から現れたのは、速見だった。いつものように口元を嫌らしく歪めて、涎を拭うような仕草で、

「月も出てない夜に、かような刻限に女がひとり……危ないから、一緒についていってやろうではないか」

「……やめて下さい。家なら、すぐそこですので」

「おまえの帰る家なら、番町は三千石の旗本、速見家に決まっておろう」

「失礼します」

また踵を返して先に行こうとすると、手下たちがぞろりと並んで通せんぼをした。それでも立ち去ろうとする加奈の手を、手下のひとりがぐいっと握った。

「おいおい、乱暴はするなよ。俺の大切な宝物だからな」

速見が手下を諭すように言うと、加奈の方がキリッとした表情になって、

「よして下さい。仮にも武家の娘です。これ以上、無理無体をすると覚悟があります」

「覚悟……それはそれは、どういう覚悟か見てみたいものだ」

嫌らしい笑みを浮かべながら、速見は近づいて、加奈の両肩に手を触れた。

「離して下さい。辱めを受けるくらいなら舌を噛みます」

「辱め、か……辱めなら、俺はおまえの親父に受けたばかりだ」

「え……？」

加奈は訳が分からなかったが、速見は武蔵片倉藩邸内であったことには触れず、

「うちにくれれば、つまらぬ仕事をして苦労をせずに済むのだ」

「つまらない仕事ではありません。人様の大切な着物を預かっているのです」

「古着屋に出す程度のものがか……まあよい。もはや問答無用だ。なぜなら、おまえの親父は我が家の大切な家宝を無残にも叩き壊したのだからな」

「ですから、何の話です……」

「親父の不始末は、おまえの体で払って貰うということだ。さ、連れていけ……大人しくしろ。俺は千両を取り損ねて機嫌が悪いんだ」

睨みつける速見を、加奈はじっと見上げて言った。

「達之助様……先程、私のことを〝大切な宝〟だとおっしゃいましたよね。本当にそう思ってますか」

「ああ、ずっとそう思ってる」

「だったら……あなたの言うことを聞きます」

「――本当か？」

「その代わり、父が何をしたのか知りませんが、許して下さい……そして、父を仕官させて上げて下さい。それが父の望みでしょうから」

真剣な顔で訴えるのを、速見は意外な目で見ていた。

「ほう……どういう風の吹き廻しか知らぬが、前々から俺が言っていたことを素直に受け容れるということだな」

「そうです」

「おまえの親父は、娘には惚れた男がいる……ふうなことを言ってたが？」

一瞬、目が泳いだ加奈だが、首を横に振って、

「いいえ……父のことが一番、大切です。ですから、あなた様と……」

「ならば、話は決まった。おい、乱暴をするなよ」

速見が合図すると、手下たちは加奈を取り囲んで、手際よく猿轡を噛まして縛り上げようとしたが、加奈は自ら武家駕籠に乗り込んだのだった。

「ふむ。嫌でも俺に抱かれれば……今宵は、おまえも愉悦に溺れるわい」

速見が嫌らしさに満ちた表情に変わると、六尺たちは駕籠を担ぎ上げ、何事もなかったように厳かに町通りに向かった。

それを──少し離れた物陰から、仁吉が見ていた。

ムササビ小僧を名乗って、武蔵片倉藩から茶壺を盗んだのは仁吉であった。そのことで、銀平にも迷惑をかけていたから、なんとか挽回したいと、武蔵片倉藩邸を探っているうちに、速見との関わりを知った。それで、

──どうせなら、悪評高い速見の屋敷から金目のものを盗んでやろう。

と尾行していたのだ。

「こ……こりゃ、えらいことだッ」

すぐに翻るや、突っ走っていったのだった。


『蒼月』の板場では、いつものように銀平が料理を作っており、お恵は客が帰った後の片付けをしていた。付け台の奥では、なぜか逢坂がひとりで杯を傾けていた。

その顔をチラチラと見ながら、銀平は燗酒を差し出して、

「元気出して下さいよ、旦那……盗まれた茶壺は、そのうち帰ってきますって」

「――いや、それがな……屑屋から受け取って持ち帰ったものも、当家……いや武蔵片倉藩のものではなかったのだ」

「だから、本物は何処かにあるってことでしょ。もしかしたら、明日の朝、お屋敷の蔵の中に置かれているかもしれませんよ」

銀平が自分からの奢りだからといって、煮穴子の鮨を皿に盛って付け台に置いた。それを摘んで食べた逢坂は、

「美味いなあ……」

と顔がほころんだのは一瞬で、すぐに溜息をついて、

「御家老の田嶋様もガックリきてな、熱を出して寝込んでしまった。連日、雨の中でも

探しに出歩いていたらしいから、持病が悪くなったのかもしれぬ」

「それは大変でやすね……」

「——ところで、与太郎殿は来ておらぬのか。長屋にもいないみたいだが」

「へえ。今日は顔を見せておりやせん」

「あの方も色々と探してくれていたようだが、迷惑をかけっぱなしだ」

申し訳なさそうに逢坂が言うと、横合いから、お恵が明るい声をかけた。

「与太郎さんのことなら、何も案ずることはありませんよ。暇人だから、頼まれもしないのに、あちこちに顔を出して、なんやかやと手伝いをしているようですよ」

「そうなのか……？」

「ええ。うちの長屋に来て、まだ日も浅いってのに、長屋の人たちのみならず、近所の人たちや子供らとも、何が楽しいのか一緒になって遊んでますよ。きっと、私ら下々のことが珍しいのでしょうねえ」

「下々のこと……」

逢坂は首を傾げたが、銀平はシッとお恵に指を立てて、「余計な話はするな」という顔になった。

「ですから、旦那……明日の朝を楽しみにしておいて下さいと、御家老様にお伝え下さい。元あった蔵の中でやす」

「――なんだ……まるで、おまえがムササビ小僧のような言い草だな」

「へへ、かもしれやせんぜ」

冗談めいて銀平が言うと、「あり得ないな」と逢坂は苦笑した。

そこへ、ガラッと扉が開いて、仁吉が飛び込んできた。切羽詰まった顔で、口ごもりながらも必死に、

「てて、ててて、大変だあ！」

と付け台の前に倒れるようにして奇声を上げた。

「何事だ、大袈裟だな。またぞろ、円城寺の旦那と紋七親分に追いかけられるようなことをしたのか、この馬鹿」

「ち、ちちち、違いますよ。ぜえぜえ……」

仁吉は逢坂の酒徳利をグビッと一口呷ってから、

「うめえな、こりゃ。灘の生一本かい……あ、そんなことより、逢坂の旦那……」

「慌てなくていいから、ゆっくり話しなさい。おまえさんは前から急いで喋ろうとする癖があるようだが、それがいかん。まずは、ゆっくりと息を大きく吸って」

逢坂に言われるままに、仁吉は大きく深呼吸をしてから、

「へえ。では……ゆっくりとお伝えさせていただきやす」

「そうそう。そういう感じでな」

「はい。実は、先程、三町ばかり先にある日本橋を渡った辺りでのことでございやす」

「うむ。そういう調子だ」

「今日もひと仕事終えて、長屋に帰ってくるってえと……」

「おまえは仕事はなんだった」

「へえ。色々とやってたんですが、どれも長続きせず……ま、いわば、駄目な奴でして……でも今度、心を入れ替えて、銀平さんの弟子にして貰おうと思ってやす」

「なるほど。良い心がけだ。男は仕事をすることで、成長するゆえな」

「はい。同じようなことを、銀平さんからも言われました」

「で、日本橋を渡った辺りで、何があったんだい」

「へえ。稲荷の方からぐるっと廻ってきやすと、侍が数人おりやしてね、何やら揉めている声がするので、様子を見てると、どうやら若い娘に言い寄ってるんですね」

「もしかして、また赤鞘組か」

「へえ。しかも、いつもより乱暴な感じだったのですが、若い娘は恐かったのか、脅しに屈したようで、自ら武家駕籠に乗り込んで連れ去られやした」

「おまえ、それを黙って見てたのか！」

　逢坂が責め立てる強い口調になると、仁吉もハッと我に返って逢坂にしがみついた。

「そうなんです！　連れていかれたのが、加奈さんなんでさ！」

「な……なんだと、おい。馬鹿もの！　なんで、早く言わないのだ！」

「だって、旦那がゆっくり話せと……」

「言ってる意味が違うだろうがッ」

慌てて立ち上がった逢坂は、仁吉の胸ぐらを摑んで、

「何処だ。そいつら、加奈を何処に連れていきやがったんだ！」

と激しく揺さぶった。

「もしや、速見の屋敷だな……そうなのだな」

仁吉は何度も「うんうん」と頷いた。逢坂は突き飛ばすように放して、まさに押っ取り刀で店から駆け出していった。

「おい。仁吉……本当なのか、今の話は」

「嘘をついて、どうするんですか」

「さっさと話せ。おまえ、頭がどうかしてるぞ」

「だって、旦那がゆっくりって……」

「もういい！」

慌てて板場から飛び出てきた銀平も逢坂の後を追い、仁吉も駆けていった。

心配そうにお恵も暖簾の外に出たが、三人とも姿はもうなかった。

そこに、入れ違いに、ぶらりと田嶋がやってきて、

「すまぬ……冷やでいいから一杯、所望したい」

と頼んだ。

お恵は「あ、ええ……」と心配そうにしながらも、田嶋を招き入れた。もちろん面識はないから、何処の誰かは知らない。

「ちょいと急用で、板さんが店を離れてますんで、ありものでよろしければ……」

「ああ……酒があればいい……」

店に招き入れたお恵は、陰鬱そうな田嶋の顔と姿を改めて見て、それなりの武家だと思って、丁重に話しかけた。

「お武家様のような御方が、このような店に……窮屈でございましょう」

用意した冷や酒を差し出すと、田嶋は水のようにグビッと空けて、ふうっと深い溜息をついた。もう一杯とお代わりしてから、

「——美味い酒だ……だが、できれば祝い酒として飲みたかった……」

落ち込んだ様子の田嶋に、お恵は同情した顔で酒を注ぎ足して、

「何があったのですか……」

「まあ、それは……逢坂にも酷いことを言ったと思ってな」

「逢坂……逢坂錦兵衛さんのことですか」

「ああ。あいつから、この店のことはよく聞いていた。綺麗な女将さんのこともな。元

は芸者だったらしいが、見ると聞くとは大違い……本当に美しい……」

「ちょっと使い方が違うような気がしますが……ま、いいか」

田嶋は今度は舐めるように飲んでから、

「で……逢坂は来ておらぬのか。長屋の方には、娘御もおらず留守だったが」

と行方を探るかのような訊き方に、お恵は不信感を抱いた。

「お探しですか……逢坂様を……」

「ああ……まあな……」

「どういうご用件でございましょう。いえね、私は家主なんです。逢坂の旦那は店子。身内も同然ですから、何か不都合がございますのなら、私に話して下さい」

「──さすがは元鉄火芸者。物言いがはっきりしておる。そういう女は気持ちいい」

「私のことより、逢坂様に如何様なご用件があるのでしょうか」

今し方、とんでもない状況で飛び出していったから、お恵は警戒しているのだ。

「何処におるのかな」

「さあ……」

「奴はカッとなると、何をしでかすか分からない男だ。普段は大人しいが、剣術の腕前は香取神道流の免許皆伝。おっとりしているように見えて、あれで暴れ者でな……喧嘩が絶えぬゆえ、藩を辞めさせた経緯もある」

「ええ？　とても、そんなふうには……」

「此度の茶壺の一件でも色々と迷惑をかけたが、やはり奴がおらぬと我が藩も灯が消えたように寂しい……つまらぬ苦労をさせてしもうたわい……」

忸怩たる思いがあるようだが、逆に、お恵は今し方、形相を変えて飛び出していった逢坂のことが心配になってきた。

「何処へ行ったのかな……大きな騒ぎにならなければよいけれど……」

お恵は本当に居場所は分からないのだと首を傾げた。

田嶋はそれ以上は何も言わず、黙って酒に口をつけているうちに、疲れているのかうとうとし始めた。腕を枕にして付け台に伏せた田嶋の背中に、お恵は自分の丹前を掛けてやるのだった。

五

番町には大名や大身の旗本屋敷が並んでいるが、その一角にある速見の屋敷内は、騒然となっていた。

鉢巻きに襷がけで、まるで仇討ち姿の逢坂が、渡り廊下を所狭しと刀を振り廻して暴れていたのだ。

集まっている速見の家臣をドドッと蹴散らしながら、まるで人が変わったように猛然と駆けている。しかも、すでに家臣たちの刃を受けているのか、着物の衿や袖、肩口は切り裂かれ、返り血であろう、額や頬にも鮮血が飛び散っていた。

逢坂が屋敷に乗り込んできたのは、ほんの少し前のこと。

すでに表門は閉じられていたが、御老中から火急の報せだと逢坂に言われて、門番が潜り戸を開けてしまったのだ。その門番を乱暴に突き飛ばして玄関から押し込んだ逢坂は、

「加奈！　加奈は何処！　加奈を出せ！」

と叫びながら、驚いて押し寄せてくる家臣たちを蹴散らして、物凄い勢いで奥まで乗り込んできたのである。

理由はどうであれ、武士としてあるまじき行為である。当然、速見家の方は応戦するために、必殺の覚悟で斬り込んでくる。それを逢坂は一寸で見切りながら、相手の手首や肩口、膝などを切っ先で打ちつけたり、峰打ちで当てるだけで、大怪我はさせていない。

「何をしておる。たかがひとりに何をぐずぐずしているのだッ」

折れ曲がっている渡り廊下の先、中庭を挟んだ向こうにある離れの前に、速見が立った。相変わらず〝かぶいた姿〟で、赤鞘の刀を手にしている。その後ろには、いつもの

取り巻き連中も、奇妙ないでたちで控えていた。

　何処からか、まるで戦いを鼓舞するかのように、激しい太鼓の音が鳴り続いている。しかし、その音は太鼓ではなく、廊下を踏み鳴らす速見家の家臣たちの足音だった。

　仮にも目付頭を預かる旗本である。目付とは若年寄配下の役高千石（せんごく）の役職だが、速見家は三河譜代の旗本であり、将軍の側近である御書院番を務めてきた名家である。しかも、代々、御側御用取次（おそばごようとりつぎ）の要職を拝したこともあった。そのため、重職を兼任することもあり、三千石を賜っている。

　徒目付（かちめつけ）や小人目付（こびとめつけ）を使って旗本や御家人を監視し、城内のあらゆる役人の勤務状況などを調べる重職である。いわば将軍の耳目であり、たとえ老中肝煎りの施策であっても、目付の同意がなければ、将軍は承知しなかった。つまり、幕府内のことに留まらず、老中や若年寄という職にある大名をも監察するという立場だった。

　その速見家に、あろうことか押し込み同然に乗り込んできて、刀を振り廻すとは言語道断の所行。それだけで切腹ものである。

「いたか、速見達之助！　貴様。これまで散々、嫌がらせをしてきおって……今日こそは許さぬ。おまえを斬って、俺も腹を斬る。旗本奴気取りのでき損ないを、この世に置いておっては、百害あって一利なし！　さあ、覚悟しろ」

　逢坂は興奮のあまり声が裏返りそうになりながらも、速見に怒声を浴びせた。速見の方は勝ち目があると思っているのか、あるいはまったく悪いことをしているとは思っていないのか、ニマニマと人を小馬鹿にしたように笑っているだけである。

「貴様のその面を見ていると虫酸が走る。いや、どうでも成敗せねば気が済まぬ。それが世のため人のためだ！」

　さらに怒りを露わにすると、横合いから、家臣たちが斬りかかってきた。それを躱して峰で打ち倒しながら、一歩一歩と速見に近づいていく。そして、

「加奈！　何処だ、何処にいる。加奈！　返事をしろ！」

　と声を張り上げるが、加奈から返事はない。

　不安に駆られる逢坂だが、勢いよく斬りかかってくる速見の家臣たちを、必死の形相で押しやっては、加奈の名を繰り返し、叫ぶように呼びかけた。

　家臣たちと斬り結びながら、逢坂は悠然と立っている速見にあと数歩という所まで踏み込んできた。が、速見は相変わらず余裕の表情であり、むしろ馬鹿にしたような嘲笑すら浮かべていた。

「速見！　おまえは、ここまで性根が腐っておったとはッ。こんな奴が、目付頭になんぞなったら、御公儀は終いだ。上様の沽券にも関わるぞ！」

「ほう……これはこれは、上様までも俎上に上げるとは、無礼にも程がある。それだけでも、おまえこそ万死に値する」

「黙れ。貴様がしていることは、人攫いであり、手籠めであり、人殺しだ」

「ふん……」

「金に目が眩んで、我が藩まで騙そうとしたその性根は、もはや直しようがなかろう。死んで、これまで迷惑をかけた者たちに詫びるがよい。覚悟せい！」

逢坂が峰に返していた刀を元に戻し、叩き斬るとばかりに、陰（いん）の構えをした。左半身となり、右拳を耳より高くして、刀を垂直に掲げた。たとえ相打ちになったとしても、相手を確実に仕留める必殺の構えだ。

そのことに、速見は気づいていないのか、

「あはは。蝦蟇の膏を売る大道芸をしているときよりも、なかなか滑舌がよいではないか。その威勢のよさでやれば、もっと売れるぞ。のう、蝦蟇の膏売りさんよ」

「加奈を返せ。でないと、本当に斬り捨てる」

「慌てるな、逢坂……加奈は自ら好んでこの屋敷に来たのだ。やはり、父上のことが大事だと思うてな」

「なに……」

「案ずるな。おまえも俺の家臣にしてやるよって、喜ぶがよい」

速見が目配せをすると、家臣のひとりが離れの障子を開けた。その中に、すでに襦袢（じゅばん）姿にされた加奈が、布団の上に座っているのが見えた。

「――――!?　か、加奈……」

「こういう次第だ。おまえは晴れて旗本の家臣、そして加奈は……もしかしたら正室になるやもしれぬ。肌の相性が良ければな、むふふ」

「お、おのれ……許さぬ……貴様ッ。絶対に許さぬぞ！」

常軌を逸したような声を発して、逢坂はジリッと半歩擦り寄った。速見は殺気を間近に浴びてようやく恐怖を覚えたのか、顔から血の気が引くと、後退りしながら、

「か、構わぬ！　こやつは乱暴狼藉を働く賊に過ぎぬッ、遠慮なく殺せ！」

と金切り声で命じた。

中庭に現れた家臣たちは、今度は弓矢を構えている。逢坂に狙いをつけて、直ちに射る体勢であった。他にも数人の家臣が現れて、抜刀した。

そのとき――ガラガラと鳴子（なるこ）がけたたましい音を立てた。

庭の片隅には、襦袢姿の加奈の手を引いた銀平の姿があった。一瞬のうちに離れから助け出してきたようだ。

「いけません……このままでは父が……」

「大丈夫です。お父上は、こんな半端な奴らなんぞ、すぐに叩き斬りやすよ」

銀平が励まして急いで逃げようとすると、その前にも、家臣たちが数人飛び出てきて行く手を阻んだ。

　すると、銀平はズイッと前に出て、

「ここで会ったが百年目。しがねえ盗っ人稼業だが、夢かうつつかまぼろしか、罠に掛かったムササビ小僧。この世の名残りに……一暴れしてやらあ！」

　と加奈を植え込みの陰に押しやって、トンボを切るように翻った。植え込みには、仁吉がいて、しっかりと加奈を抱きとめていた。

　一瞬、面食らった家臣たちは、右往左往しながらも、一斉に躍りかかった。が、銀平は軽業師のように飛んで、二、三人を柔術で倒した。逢坂も懸命に戦おうとするが、弓矢を構えた連中が目障りで動きにくかった。さらに家臣が増えて、多勢に無勢、たちまち家臣たちに取り囲まれた。

　すると銀平は、庭石の上にどかっと座り込んで裾を捲り、

「おうおう。俺のことは、煮るなと焼くなと好きにしていい。だが、逢坂さんと娘さんは帰してやってくれ」

　と観念したように言った。

　だが、速見の返事は冷ややかだった。

「断る。そして、おまえは町方の円城寺にでも引き渡す」

「なんだと……」

「俺の目を節穴だと思うなよ。貴様は、天下の大泥棒……義賊を装っているが、元はた

だのやさぐれ者であろう？　今は板前をしているようだが、先刻承知なんだよ」

銀平は少し驚いたが、目付頭を務める旗本ならば、板前の素性を探るくらい朝飯前だということであろう。

「市中引き廻しの上、獄門だ。天下のムササビ小僧を捕らえたのが、この速見達之助となれば、上様からも覚えがよく、またぞろ大手柄だと褒められ、金一封どころか、金の茶壺でも戴けるだろう。ガハハ」

大笑いする速見だが、銀平は呆れ顔で見つめたまま、

「そうかい、そうかい……だったら、冥途に行く前に、一節舞いたいところだが、代わりに俺がムササビ小僧になった経緯を、篤と聞かせてやろうじゃねえか」

「下らぬ。とっととお縄になって、お白洲(しらす)で町奉行に披露するがいい」

「おまえの親父殿に諭されたんだよ。しかも、この屋敷でな。丁度、今のように鳴子に引っ掛かってしくじっちまってよ」

「――なに、親父に……？」

「ああ。そうだ。嘘だと思うなら、親父殿に聞いてみるがいい」

睨みつけるように見る速見に、銀平はポンと膝を叩いてから語りかけた。

「あれは、もう五年も前の大晦日(おおみそか)……俺は、この屋敷に盗みに入って、金子を十枚ばかり盗んで逃げようとしたら、ここのお殿様に見つかったんだ……ああ、あんたの親父殿

の……速見内膳正様だ」

「………」

「ところが、あんたの親父殿は、俺のこの首を刎ねるどころか、『どんな訳があろうと盗みはならぬ』と得々と説教してから、『だが、しかし、貧しい者や病の者、子供や年寄りらが困っているのは、すべて政事が悪いからだ』って、まるで自分の不作為が悪かったかのように、涙ながらに言ったんだ」

「あの親父が……俺には血も涙もない、冷徹で厳しい親父が……」

何か思うところがあるのか、速見は唇を噛んで、忌々しげに中庭に唾を吐いた。その様子を見ながら、銀平は続けた。

「はて、あんたら父子のことなんざ知らねえが、親父殿は俺にこうも言ったんだ……『どうせ盗みをするのなら、天下を盗め……天下とは将軍でも帝でもない。民百姓たちひとりひとりのことだ。つまり世の中の助けになる盗みなら、晒し首になったとしても悔いはないんじゃないか』ってな」

「――親父が、そんなことを……」

「ああ。同じ悪童でも、弱い者虐めをするのと、阿漕な奴らに刃向かうのじゃ、まったく違う……おまえさんも、親父殿の爪の垢でも煎じて飲んで、天下のために暴れたらどうでえ」

銀平が自分の身上を披瀝するのを、逢坂と速見家の家臣たちは神妙な顔で聞いていた。家臣たちは日頃から接しているせいか、

——大殿の言いそうなことだ……。

と妙に感心していた。

「だから、時には……速見内膳正様の手足になって働くこともあった……おっと、こいつは内緒だった。つい口が滑った。聞かなかったことにしてくれ……」

銀平はそこまで言うと、お縄になって結構とばかりに、両手を合わせて突き出した。だが、その場に円城寺や紋七がいるわけではない。しかも武家屋敷の中だ。速見はなんだか余計に苛々してきて、

「盗っ人のくせに、下らない嘘話をいけしゃあしゃあと……」

と呟いた。

そのとき、家臣に見つかった仁吉と加奈が、中庭に引きずり出された。

「す、すまねえ、兄貴……」

仁吉は銀平に謝ったが、速見の方が素早く中庭に駆け下りて、加奈の首根っこに刀を押し当てた。

「刀を捨てろ、逢坂！」

「貴様……どこまで腐ってるのだ。卑怯者めがッ」

逢坂は一瞬、迷ったものの、刀を投げ捨てようとした。だが、加奈は居直ったのか涼しい顔で、

「父上ッ……私のことは構わないで下さい。仮にも武家の娘の端くれです。やはり、こんな男に辱めを受けるくらいなら死にます……私の間違いでした」

「よくも言うたな、加奈ッ……」

速見の苛々はさらに高まり、今にも加奈の首を刎ねそうだった。

「さあ、殺して下さい。女は、心底好きになった人にだけ抱かれたいのです」

覚悟を決めたように目を閉じる加奈に、

「そこまで嫌われているとはな……おまえを初めて見かけたときの、あの可憐(かれん)な仕草に、明るい笑い声……だが、それも夢幻か……ふふふ、ははは……悪い男に惚れられたと諦めるのだな」

と速見の形相が変わったとき、「待てッ」と悲鳴のような声を上げて、逢坂は刀を中庭に投げ捨てた。

「もう遅いわ……俺たち赤鞘組に逆らうと、かような目に遭うのだ。分かったか。ふはは……ガハハ……俺を舐めるなよ」

速見が高笑いをすると、

「高笑いがすぎて、顎の骨が外れるぞ」

と朗々とした声があって、中庭の池に架かる石橋の上に、黒い人影が立った。

「――なにッ。誰だ」

凝視する速見だが、微かに月明かりが浮かび上がらせたのは、女物の丹前に、おたふくのお面を被った偉丈夫だった。

なぜか、一瞬にして雰囲気が変わって、まるで石橋が舞台と化したようになり、人影がズイと踏み出てきた。家臣たちはみんな思わず、後退りした。それほど異様な迫力を感じたのである。

「何奴じゃ。ここを何処と心得ておるッ」

速見が加奈の喉元に刀をあてがったまま、誰何すると、

「そうだな。旗本とは名ばかりで、悪さばかりをする輩の鬼ケ島(おにがしま)というところか」

「無礼者！　名を名乗れ！」

「悪い奴に名乗る名はない。けど、強いて言うならば、箱根山の天狗(てんぐ)ってとこか」

「ええいッ。曲者(くせもの)めが。斬ってしまえ」

速見が叫ぶと、さらに、中庭の灯籠の前、立派な松の下、孟宗竹(もうそうちく)の中に、三人の姿が現れた。それぞれ、やはり丹前姿に翁(おきな)、般若(はんにゃ)、若女(わかおんな)の能面をつけており、凜然と立っている。

「猪股猪三郎、参上」「鹿野鹿之助、推参」「お蝶、見参」

それぞれが名乗って後、声を揃えて、

「三人揃って、猪鹿蝶」

と言って、まるで歌舞伎役者のように見得を切った。もちろん、与太郎の家来たちだが、顔は一切見せない。

「うぬ……人のことを舐めおって……」

速見が苛々と怒鳴りつけると、おたふく面が朗々とした声で言った。

「やることなすこと、汚すぎて舐めることなどできぬ。だが、貴様の悪事、見逃すわけにはいかぬゆえ。天に代わって成敗……ゴホゴホ……なんだ、肝心なときに噎せちまって……ゴホゴホ、ゴホ」

たまらず慌てて、おたふく面を振り払うと——現れたのは、与太郎であった。

「やっぱり、慣れぬことはしちゃいけないな……このお面は長い間使ってないのか、ゴホ……埃が溜まってて、ゴホゴホ……でも、箱根神社のお神楽では、上手くできてたのだがなあ……おまえら、大丈夫か」

他の能面三人を気遣う与太郎を、凝視した速見の顔が醜く歪んだ。

「おまえは、あのときの……これは愉快だ。こっちも探しておったのだ。くらえ！」

いきなり斬りかかるが、与太郎は素早く避けて、速見の刀をガツンと叩いた。すると、刀は地面に弾かれ、池に落ちてしまった。狼狽した速見は、

「斬れ、斬れ！　斬って捨てい！」

と命じると、家臣たちは一斉に斬りかかったが、なぜか先程までの気迫がない。銀平の話で、家臣たちの士気が少し萎えていたのだ。その家臣たちを、猪三郎、鹿之助、お蝶が手際よく倒した。

そして、与太郎がバッタバッタと華麗で迫力ある剣捌きで制しながら、

「ひとつとせ、人の恨みを買う奴は、ひとのものだけ欲しがるよ、えっほっほ……ふたつとせ、ふたりで仲良く過ごすには、ふたりでお互い思いやり、えっほっほ……みっつとせ、みんなで楽しく生きるには、三嶋大社に大感謝、えっほっほ……」

と数え歌のように歌った。

なんとも妙な塩梅になった家臣たちは、士気が萎えるどころか、腑抜けになったように、その場に座り込んだ。与太郎の歌が、呪文か何かのように聞こえたからだ。

速見だけはギラギラとした目つきで、脇差しを抜き払って、与太郎に斬りかかった。だが、それもどういう技を使ったのか、ひょいと投げられて、速見はドボンと池に落ちた。濡れ鼠になって這い上がってこようとするが、苔で滑って思うように体が動かない。それに手を差し伸べる与太郎だが、速見は意地になったように払いのけた。そして、また滑り落ちるのだった。

何度か繰り返しているうちに、我に返ったように家臣たちが駈け寄って、速見を助け

上げた。が、懲りずに速見は、言葉にならない罵声を与太郎に浴びせていた。

それでも与太郎はニコニコと、

「どうやら筋金入りの偏屈のようだな。いや、曲がった性根は治るが、初めから曲がっていては、直しようがない……爺っ様がよく言っていた。いや、樹木の話だ」

と話しかけたが、速見は頑なに「てめえ、ぶっ殺してやる」と喚くだけだった。

そのときである。

「いい加減にしろ。おまえが百年修業しても敵うまい」

と言いながら、奥座敷から廊下に出てきたのは、誰であろう——松波四十郎であった。

だが、むさ苦しい無精髭の浪人姿ではなく、白綸子の羽織姿で、まるで殿様のようであった。

六

与太郎はその顔を見て、

「おや。松波殿ではございませんか。一別以来でございます。一体、何処で何をしていたのです。あの後、色々とありましてな」

と声をかけた。

旅の途中で会った無頼な浪人姿ではなく、威風堂々とした松波が、

「ああ。承知している。が……済まなんだ。色々と迷惑をかけた」

と素直に与太郎に謝ると、中庭や廊下に散らばっていた家臣たちが、吸い寄せられるように集まって、膝をついて座った。

「殿ッ。ご無事、ご帰還、何よりでございます。お待ちしておりました」

家臣たちが声を揃えて、出迎えの挨拶をした。

するると、銀平が不思議そうに、与太郎と松波の顔を見比べて、

「ええっ……与太郎の旦那と速見の大殿様は、知り合いだったのか……やはり、与太郎の旦那もまことの……」

「それより、銀平さん。この御仁は……」

「当家の当主、速見内膳正様です。私を義賊に導いてくれた……導いてくれたってのも変だが……今し方話した御仁だ」

逢坂と加奈は驚き、座して頭を下げた。

「そうか……では、このどら息子は、松波殿……あんたの跡取りか」

「恥ずかしながら、そういうことだ。おぬしと同じ年頃なのに、情けない」

「これじゃ、先行きが不安だな。あなたは只者ではないと思ってたが、しかし天下の目付頭も、自分の倅に手を焼いているとは……あはは、笑い話にもならないな」

与太郎が思ったままを口にすると、家臣たちが「こら、控えろ」と窘めたが、松波四十郎こと、速見内膳正は苦笑して、

「構わぬ、構わぬ。この御仁はさる大名の……いや、それは、まあよかろう……」

と言いながら、息子に近づくと、思い切り平手を食らわした。

バシッ──と能楽の大鼓のような物凄い音がして、速見達之助は吹っ飛んだ。

「腹を斬れ、達之助」

「えっ……」

「俺は旗本や御家人はもとより、上様側近の家柄ゆえ、密かに諸国見廻りをして、不行跡のあった大名やその家臣たちに、切腹を言い渡したり、御家取り潰しをさせる役目だ。いずれ、おまえもその職に就くはずだった」

「…………」

「だが、女を手籠めにしようなどと……ここまで腐ってるとは、思わなんだ。我が子ながら、叩き斬りたいほどだ」

「ち、父上………」

真っ赤に腫れている頬を押さえて、達之助はおろおろと涙ぐんだ。

「それは何の涙だ……己の愚行を反省しているのか。それとも悔し涙か」

「──嬉し涙です……」

意外な言葉に、内膳正も家臣たちも、目を凝らして達之助を見やった。

「嬉し涙、とな……どういうことだ」

「このように、父上に叩かれたのは初めてのことです……母上を早くになくしたせいか、父上は家臣への厳しい態度と違い、私を大切にしすぎて、殴ることなど一度もなかった。それどころか、叱ることもなかった……それが……それが寂しかったのです」

達之助は崩れるように泣いた。むろん、自分の愚かさを悔いていることもあろう。だが、誰かの批判や文句よりも、父親のたった一発の平手に、達之助はすべてが融解したように、心が溶けたのだった。

「後悔先に立たず……恨むなら己を恨むのだな……安心せい。おまえが切腹して果てるのを見届ければ、俺も後を追う」

「ち、父上……」

覚悟はよいなとばかりに、内膳正は穏やかな目を向けて、

「己が撒(ま)いた種だ。自分で刈り取らねば、ご先祖様にも示しがつくまい。速見家もこれまでだ。よいな、達之助」

悲壮感漂う達之助を、内膳正はじっと見据えたまま、今この場で、家臣の前で潔く果てろと、静かに命じた。家臣たちの中には感極まって、声を殺して泣き出す者もいた。

すると、与太郎が近づいてきて、父子ふたりの間に割って入るように立った。

「どうして侍ってのは、事を大袈裟にするのだろうなあ。というか、悪い方悪い方に持っていくのだ」

「――これは当家のことだ。おぬしの気持ちは有り難いが……」

言いかける内膳正を制するように、与太郎は声をかけた。

「小田原や大磯で会ったときのあなたは、なんというか、山の上から見ているような視野の広さがあって、物事に動じない剛毅な雰囲気があった。しかし、なんだ、このしみったれた様子は」

「しみったれているなどと……」

家臣の誰かが文句言いたげに声を洩らしたが、構わず与太郎は続けた。

「たしかに、俺がちょっと見ただけでも、随分と酷いことをする奴だと思ったよ、この速見家の若君は……でも、今のところ誰かを殺めたり、女を本当に手籠めにしたり、金を奪ったわけではないのだろう」

「いや……殺しはともかく、少なからず脅して金を巻き上げていたはずだ」

内膳正は断言したが、赤鞘組の子分として随行していた若い家臣たちは、「そうではありません」と必死に庇った。

「たしかに、昔の旗本奴を気取って悪ぶっていましたが、町火消しらとは喧嘩なんてしたことはないし、ならず者と揉めたこともありません。そんなことしたら、こっちがやられてしまいます。世間で思われているような悪さはしてません」

若い家臣たちは、自分たちは剣術の腕前も大したことはなく、やくざ者と揉めるのが一番恐かったと正直に話した。だが、旗本だということで、相手はほとんど下手に出る。だから、いい気になっていただけのことだと、弁解するように言った。

「あはは……こりゃなんとも情けない旗本がいたものだ。逢坂さんが手加減してなければ、あんたらみんな死んでたかもな。蝦蟇の膏じゃ治らぬな、はは」

与太郎は大笑いして、内膳正と達之助の間に立って、ふたりと並んで肩を組んだ。そして、交互にそれぞれの顔を見ながら、

「さすが父子だ。顔や立ち居振る舞いも似ている。俺なんか親父の顔も覚えてないから、羨ましい限りだよ。なあ、達之助さん。叱られたかったという気持ちは分からぬではないが、朝から晩まで怒鳴られ通しだったら、そっちの方が嫌になると思うぞ」

「…………」

「こうして、ひとつ屋根の下に暮らせて、上様をお守りするという貴重な務めもある。適当な頃合いに嫁を貰って、御家を大事にして頑張れ。あはは」

何者だよ――という顔で、家臣たちは見ていたが、与太郎は気にする様子もなく、

「だが、加奈だけはだめだ。この娘は、俺に惚れてるからな。もちろん、俺も好きだ」

と臆面もなく言うと、内膳正と達之助は間近で顔を見合わせた。家臣たちも唖然と見

ていたが、加奈は恥ずかしそうに俯き、逢坂も複雑な表情をしている。

「だから、達之助。諦めてくれ」

「そ、そんな……」

「第一、本当に大切だと思っている女を、脅して連れてきたりはしないだろう」

「………」

「あなたに相応しい大名のご息女がいると思うぞ。きつい性根の女の尻に敷かれるのが丁度よいのではないか。なあ、お父上」

はぐらかされた気分になった達之助は、与太郎から離れて、加奈に向かって訊いた。

「まこと、この訳の分からぬ奴に惚れているのか、加奈……」

すると、与太郎の方が答えた。

「野暮なことを訊くな。加奈は俺のことを好いているのだ」

誰もがどう答えて良いか分からぬ雰囲気に、思わず銀平が言った。

「──そういうあんたの方が、よっぽど野暮天だと思いますがね。与太郎様」

「なぜだ」

「言っておきますが、野暮天というのは天麩羅ではありませんよ」

「それくらいは分かるさ」

「時々、変な問いかけをされるので、こちとら困ってんでさ、はは」

「――ということだ、松波殿……いや、速見内膳正様」

和んだ顔で与太郎がもう一度、肩をぐいっと組むと、内膳正は調子がくるなったというように微笑み返して、

「ということだって、どういうことだ……まあいい。おぬしを見ていると、何事もどうでもよくなるわい、ふふふ」

と、ふたりは顔を合わせて大笑いするのであった。


翌朝――。

銀平の予告どおり、武蔵片倉藩の蔵の中に、紫の布を被せられた壺が置かれていた。もちろん、ムササビ小僧こと銀平が、盗み出した仁吉の代わりに戻していたのだ。

中間の文吉が見つけて、田嶋を呼ぶと、手に抱えて裏底を確かめるや、

「ああ、まさしくこれだ……これこそ〝龍吟の茶壺〟に間違いない」

と安堵して言った。

その昼下がり、屋敷に呼ばれた逢坂は、改めて田嶋から、再仕官を許された。自分が『蒼月』でうたた寝している間に、

――我が娘を助けるために速見の屋敷に乗り込んで、並み居る家臣をバッタバッタと打ち倒して奪い返した。

という話が、大袈裟に伝わっていたのだ。しかも、目付頭を相手に事を丸く収めたという噂も、密かに田嶋の耳に入っていた。

「だから、おぬしにはもう一度、我が藩にて、その腕と才覚を思う存分ふるって貰いたい。二度と蝦蟇の膏売りの真似事はさせぬから、よしなにな」

「いや、あれはあれで結構、大変で……なかなかできるものではありませぬ。餅は餅屋と言うが、上手に売る者たちには、まったく頭が下がります」

「さようか。それは、そうだな……だが、おまえには剣術がある。万事、頼んだぞ」

田嶋は機嫌良く、茶壺を見せて、

「これさえあれば、将軍家にも言い訳が立つし、何より……イザというときに助かる。なんといっても百万両の壺だ」

と嬉しそうに眺めた。

「本当に百万両の値打ちがありますか」

逢坂が訊き返すと、田嶋は何度も頷きながら、

「さよう。おぬしも承知しておるとおり、これは備前(びぜん)でも信楽(しがらき)でも仁清(にんせい)でもないが、清国は唐代の作である。彼の国で龍は天子の使いゆえな、その値打ちは間違いなく百万両……」

「それがですな。この茶壺には、上様拝領の値打ちはあるにしても、大した壺ではあり

ませぬ。私がキチンとした筋調べさせたことがあります」

「えっ……」

「与太郎殿も話していたが、そもそもかような物を守るために、人の命を賭けるものではないと思います」

真剣に語る逢坂に、田嶋は不愉快そうな目を向けて、

「おぬし……何を考えておる……それに誰じゃ与太郎とは……」

「とにかく、焼き物としては、さして値打ちのない茶壺です」

逢坂は素早く居合い抜きで茶壺をカチ割ってしまった。鞘に戻した次の瞬間、壺はボロボロと破片となって崩れた。まるで煎餅か菓子が粉々になったような状態である。底の部分だけが、平らに残っていた。

「ご覧のとおり、焼きが甘い証です」

「お、お、おい……な、何をする……血迷ったか、逢坂……！」

「いえ。拙者がお役目に就いていた頃、この壺を大事にしていたのは……」

逢坂は底の平らな部分を持ち上げて、さらに力を入れて割ると――そこには、平たく伸ばしたような薄い紙切れが隠されていた。

「なんじゃ、それは……」

まじまじと見る田嶋に、逢坂は説明をした。

「誰がいつやったのかは分かりませんが、この底は継ぎ足しておりましてな……ええ、鑑定した者の話です……在任中に、私が調べましたところ、先代藩主の崇文様が、先祖が隠していた財宝の在処の地図を、この壺の底を支える高台の部分に入れていたのです」

逢坂は紙切れを差し出した。受け取った田嶋が見ると、たしかに地図のようなものに土地の名らしきものが書かれている。

「これが、財宝の……何の財宝じゃ……」

「武蔵片倉藩はその昔は、武蔵七党のひとつ横山党に属しておりましたが、戦国の世のおり、北条氏によって支配されました。その北条氏と戦っていたのが、かの岩馬一族……」

「おお、あの国を持たぬ大名と恐れられた……」

「はい。その岩馬一族が、小田原攻めの折に、豊臣秀吉から奪いし財宝の隠し場所。それを我が永井家のご先祖が突き止めて隠していたのが、この絵図面でございます……丁度、我が藩の城の辺りの村でございますれば」

「ま、まことか……」

「はい。早速、宝探しに参りましょう。もし見つけることができれば、暇を出した家臣らを呼び戻せますし、何より、藩の窮状を救えるのではないでしょうか」

逢坂の言葉に励まされ、田嶋は感涙を流し、文吉も貰い涙を溢れさせた。まったく取らぬ狸の皮算用であるが、当人たちは積年の苦労が報われたかのように、抱き合って喜ぶのであった。

その頃――。

おたふく長屋の井戸端では、いつものようにかみさん連中に囲まれて、与太郎が一緒になって洗濯物をしていた。

「いや、それがね、与太さん……」

「与太さん……ま、いいけど」

「うちの亭主ったらさあ、あろうことか、お旗本の奥方に手を出しちゃって……」

小梅が、旦那の松吉の話をしているのだ。

「ほら、大工だから修繕にいったとき、ついふらふらと……そんなことばかりしてるから、お旗本に殺されそうになったりね」

「そりゃ大変な目に遭ったなあ」

「どうせなら、逆に脅して金をぶん取ってくりゃよかったのにねえ。誘ったのは、奥方の方なんだからさ」

などと本当か嘘か分からない話を交わしているところへ、

「ええ、屑い、屑う……割れた鍋に薬缶、使わなくなった皿に丼、着なくなった丹前や羽織もいいけど、茶壺は要らないよ……」

と屑屋ふたり組、蜂五郎と寅三が木戸口の前に来た。

「あ、与太の旦那……早々にありがとうござんした。助かりました」

蜂五郎が手揉みしながら、頭を下げた。いつの間にか、屑屋にまで与太者扱いされている。何事かとおかみさんたちが不思議がると、寅三の方がペラペラと話した。

「うちにあった茶壺をね、武蔵片倉藩、荻野山中藩、そして、お旗本の速見内膳正様のお屋敷で分けて引き取って下さったのです。しめて十両！　まあ、百両には遠く及びませんでしたが、苦労は報われやした」

感謝の念を伝えて去ろうとすると、小梅が呼び止めた。

「その速見様の奥方ですよ。うちの亭主をたらし込んだのは」

「何の話です？」

寅三が訊き返すと、蜂五郎は「余計なことを言うな、さあ行くぞ」とふたりして立ち去った。別れ際、蜂五郎はさりげなく、小梅に紙屑を手渡してから、

「じゃ、与太の旦那……何かあったら、またよろしくお願い致しやす……ええ、屑い屑う……要らなくなった屑はないかえ……」

と立ち去った。

そのとき、一陣の風が吹いて、小梅が持っていた紙屑が飛んで、与太郎の顔にペタッとひっついた。すぐに与太郎が取って見ると、

「今宵暮れ六、いつもの出会い茶屋で」

と書かれてあった。

小梅は「あら、ごめんなさいねえ」と慌てて、与太郎の手から紙屑を取った。

「おかみさん、それは何だい」

「え……？」

「暮れ六、いつもの出会い茶屋って書いてあったが……出会い茶屋ってなんだい」

「――えっ……さあ、私、知らない……」

惚けて部屋に戻る小梅を見送った、左官の女房のお鶴は、

「浮気してるのは自分なのにね、ふふ……それにしても、出会い茶屋も知らないなんて、本当に与太さんですこと……今度、加奈さんを連れていってあげたらよろしいんじゃないですの」

と、からかうように笑った。そこへ、丁度、加奈が出てきて、

「何話してるんですか、みんな楽しそうに」

と訊いたので、与太郎は言った。

「今度、俺と一緒に、出会い茶屋に行かないか」

「えっ……」

「そこは、鰻や天麩羅も美味いのか」

「いやだ、与太郎さんたら……でも、安心した」

「何がだい」

「だって、速見様のお屋敷で、私のこと好きだって言ってくれたから」

「ああ……しかし、あのときは、そう言っておかぬとな」

「でも、嬉しい。嘘でも嬉しい。だけど、出会い茶屋なんて、まずいわ。うふ……」

加奈は顔を真っ赤にして、すぐに跳ねるようにして長屋の部屋に戻った。

「なんだ？　大して美味くない茶屋なのかな。それなら『蒼月』でいいか、はは」

「旦那……お恵さんにも気をつけた方がよろしいですわよ。出会い茶屋に誘ったら、すぐに乗ってくると思うわ。きゃはは」

「そうか。なら、そうしてみる」

納得したように笑って頷く与太郎は、まさしく〝与太者〟であった。その与太郎の膝元に、わあっと長屋の子供らが駆けてきて、抱きつくようにじゃれた。走ったり跳んだりするのは、お手のものである。

木戸口の外に飛び出して、火事避けの空き地になっている草原で、与太郎は子供らと一緒になって、本気になって鬼ごっこをして遊び始めた。

「待ちやがれ、ムササビ小僧！」

と大声を発している円城寺と紋七の姿が通り過ぎた。捕り物のはずなのに、このふたりが走っていると、妙に世の中は平穏無事という感じがする。長屋の連中はそう感じていた。

空き地から振り返ると、遥か遠くに富士山の威容が陽光に燦めいている。

「おおッ……富士が見えるではないか」

思わず感嘆の声を上げた与太郎に、子供らが馬鹿にしたように、

「富士のお山なんて、江戸なら、何処からだって見えらあ。ばっかだなあ」

と腹を抱えて大笑いした。

「そうか、何処からでも見えるのか……ふうん、そうか」

背伸びをして富士を眺めている与太郎の姿は、まるで無垢な子供のようだった。

「ねえ、与太郎様……」

いつの間にか、隣にお蝶が来ていた。

「私、いつ、あなたの妹になったのでしょうか」

「え……？」

「加奈さんに、そう言ったのでしょ。お蝶は妹だからって」

「ああ。一緒に住むなら、そう言っておかんとな。大家のお恵にも、素性はと言われたが、〝くの一〟とは言えぬだろう」

「もう、本当に憎たらしいッ。殴りたくなる」

と手を挙げたが、与太郎は気にする様子もなく、見事な富士山を指して、

「実に良い眺めだな……何処からでも見えるそうだ。江戸とは良い所だなあ……はははは……しばらく、ここの世話になるか」

「江戸屋敷では駄目なのですか」

お蝶の声を無視するように、与太郎は空き地の子供らの方に駆けていった。すると、子供たちは「鬼が来た！」と散り散りに逃げ出した。両手を広げて、追いかけ廻す与太郎を、お蝶は呆れ顔で見ていたが、自分も混じって遊びたくなった。

古鷹与太郎——この男が、これから如何なる江戸暮らしをするのか、どんな迷惑を人様にかけるのか。

江戸の青空が、頼もしそうに見ていた。

解説

細谷正充

井川香四郎が、やってきた。集英社文庫に、やっときた。そう、多数の文庫書き下ろし時代小説シリーズを抱えている作者が、新シリーズを引っ提げて、やっと集英社文庫にやってきたのである。しかも内容が、滅法界に面白い。これからも読み続けること確定のシリーズが、増えてしまったのである。

さて、早く物語について語りたくてソワソワしているのだが、集英社文庫にお目見えするのは初めてなので、まずは作者の経歴を記しておこう。井川香四郎は、一九五七年、愛媛県に生まれた。中央大学卒業。井川公彦の名前で、テレビのシナリオライターとして活躍し、時代劇では『暴れん坊将軍』『八丁堀の七人』などを執筆している。その傍ら、一九九五年、時代短篇「露の五郎兵衛」で、第十八回小説ＣＬＵＢ新人賞を受賞。このときのペンネームは、柴山隆司であった。受賞作を皮切りに、「小説ＣＬＵＢ」一九九五年六月号から翌九六年五月号にかけて、連続で短篇を発表。「小説ＣＬＵＢ」の編集長には、自由に作品を発表する場を与えるという意図があったそうだ。これに応えた作者は、バラエティ豊かな物語を陳列。並々ならぬ実力があることを見せつけた。

そして二〇〇三年から始めた「おっとり聖四郎事件控」シリーズで、文庫書き下ろし時代小説に乗り出す。以後、「くらがり同心裁許帳」「暴れ旗本八代目」「ふろしき同心御用帳」「刀剣目利き神楽坂咲花堂」「梟 与力吟味帳」「もんなか紋三捕物帳」「樽屋三四郎言上帳」「ご隠居は福の神」など、多数のシリーズを書きまくり、文庫書き下ろし時代小説界の一角を占める人気作家になったのである。また、『別子太平記 愛媛新居浜別子銅山物語』『島津三国志』といった、優れた歴史小説も上梓している。

そんな作者の新たな文庫書き下ろし時代小説シリーズの第一弾が、本書『与太郎侍』だ。手元の辞書で〝与太郎〟を引くと、「①おろか者・ばか者。落語で無知な倅の名とする。②(浄瑠璃社会の隠語)うそつき。でたらめを言う者。また、うそ。でたらめ」とある。落語に出てくる与太郎は、どこか愛嬌のある者も少なくないが、もともとの意味は碌なものではない。はたして本書に登場する〝与太郎侍〟とは、どのような人物なのであろうか。

本書には全四話が収録されているが、第一・二話と第三・四話は、それぞれひとつの話になっている。つまり全二話で構成されているのだ。ページ数もたっぷりあるためか、どちらの話もなかなか複雑。第一話「天下泰平」は、大磯の海岸の近くにある茶屋で、浪人らしき男たちが、小田原宿を出てからずっと海岸を歩いている、女物の丹前を着ている男を襲う相談をしている場面から始まる。と、大きな放屁によって茶屋の衝立を倒して、やはり浪人らしき男が登場。威風堂々とした姿で、腰には同田貫。そして、

「松波三十郎……いや、そろそろ不惑の年ゆえな、四十郎にしておこう」

と言うのだ。もちろん黒澤明監督の『椿三十郎』の、主人公のセリフが元ネタ。映画を知る読者をニヤリとさせながら、主人公のキャラクターを立てたのかと思い込んだ。だが主人公は四十郎ではなく、赤い丹前の男だった。

その男、名を古鷹恵太郎という。箱根山で一緒に暮らしていた祖父の甚兵衛が亡くなり、山を下りて旅に出たそうだ。世間知らずでお人好し。いつも明朗快活である。しかし自分を尾けてきた、お蝶という女性の存在に早くから気づくなど、抜け目のないところもある。事実、浪人らしき男たちの襲撃を、中条流の腕で軽くあしらったりする。

ところが浪人らしき男たちと揉める恵太郎の近くで、別の騒動が起こる。公儀隠密の一家（実際は家族ではない）が、何者かに襲われたのだ。これを恵太郎は助けた。公儀隠密を襲ったのは、小田原藩の者。恵太郎を襲ったのは、小田原藩の支藩の荻野山中藩の者。ふたつの藩で何があったのか。

冒頭から複数の勢力が入り乱れるが、作者の巧みな筆により、すんなりと理解できるようになっている。そして意外な実在人物の名前が出てくる。二宮尊徳だ。小田原で藩の立て直しをしていた尊徳だが、藩主が死ぬと疎まれるようになり、どこかに姿を消し

た。一度、尊徳と会ったことがあると言った恵太郎は、尊徳の行方を知っているのではないかと小田原藩士に疑われる。しかし、そんなことはどこ吹く風。尊徳のことが気になった彼は、小田原に行って騒動に巻き込まれていくのだった。

　いささか先走って書いてしまえば、恵太郎は荻野山中藩の家老の家の血を引いている。荻野山中藩から狙われる理由は、そのあたりにありそうだ。自分自身も含めて状況は錯綜（さくそう）しているが、やはり恵太郎にとってはどうでもいいこと。新たな騒動に首を突っ込んで、処刑の危機に陥っても泰然自若。お蝶を始めとする敵たちまで味方にして、騒動を丸く収めるのである。いろいろズレているようで、物事の本質を突いた恵太郎の言動と、それに基づく活躍が痛快だ。

　そんな恵太郎は、再会した尊徳から与太郎と呼ばれる。といっても悪い意味ではない。子供の頃、旅人たちに何でも与えるので与太郎という綽名（あだな）がついたと言う尊徳に、「人に恵むから、恵太郎でいいのではないですか」と言い返す恵太郎。それに対して尊徳は、「恵むのと与えるのは違うんだ。恵むというのは、人を憐（あわ）れんで幾ばくかの金品を分けてやること。与えるとは、施すと同じで、弱い立場の者に、無償で利をもたらすこと。つまり、相手は人だけではなく、生きとし生けるものに対して行うことで、決して憐れみだけでするものではない」

　と答えるのだ。なるほど、だから与太郎侍なのか。第一・二話は、与太郎侍の誕生までを描いた、愉快痛快な紹介篇といえるだろう。

続く第三話「与太郎侍」では、荻野山中藩の江戸家老になってしまった恵太郎の、江戸での新たな騒動が綴られる。みんなから与太郎と呼ばれるようになり、最初は否定していたが、結局は受け入れてしまう。だからここから、解説も与太郎と表記することにしよう。

蝦蟇の膏売りをしている、元武蔵片倉藩士の逢坂錦兵衛と、その娘の加奈。旗本奴の赤鞘組の頭目格である速見達之助に、加奈が連れ去られるところを、与太郎が助けた。これが縁になり、ふたりが暮らす長屋で、与太郎も暮らし始める。与太郎に惚れているお蝶には、面白くない状況だ。

一方、武蔵片倉藩は将軍家拝領の〝龍吟の茶壺〟を、義賊のムササビ小僧に盗まれた。なんとか茶壺を取り戻そうと、家老の田嶋軍兵衛は苦慮する。しかし茶壺を盗んだのはムササビ小僧ではなく、その偽物だった。また、百万両の価値があると思い込んだ達之助も、茶壺を捜そうとするのだった。

百万両の茶壺の争奪戦とくれば、林不忘の『丹下左膳 こけ猿の巻』である。いや、ユーモラスなタッチを考えれば、それを原作にした山中貞雄監督の映画『丹下左膳余話 百萬両の壺』の方が元ネタであろうか。そういえば、錦兵衛と加奈の父娘が交わす、「苦労ばかりかけて申し訳ない。俺が不甲斐ないばっかりに……」

「お父つぁん。それは言わない約束でしょ」

は、一九六〇年代に絶大な人気を誇ったテレビのバラエティ番組『シャボン玉ホリデー』の中で、ハナ肇とザ・ピーナッツが演じる定番の「おかゆコント」が元ネタである。このように作者は、自身が血肉としてきたエンターテインメントのエッセンスを織り込みながら、実に楽しそうに物語を創り上げているのだ。

ストーリーの方も、相変わらず錯綜している。速見の屋敷に関係者を集結させて、その流れをクライマックスへと持っていく、作者の手際が鮮やかだ。しかも与太郎が登場して啖呵を切るところは、テレビ時代劇『桃太郎侍』を元ネタにしている。おそらく作者は、この時代劇から、本書のタイトルを思いついたのではなかろうか。

というのも『桃太郎侍』の原作が、山手樹一郎の同題の時代小説なのである。そして本書を読んでいて、すぐに連想したのが一連の山手作品であったのだ。特に、代表作のひとつ『夢介千両みやげ』の影響を強く感じる。興味のある人は、読み比べてみるといいだろう。この『夢介千両みやげ』もそうだが、山手時代小説の特徴は、明朗快活な主人公が活躍する勧善懲悪の物語であるということだ。それと同じ、心地よい明るさが本書にあるではないか。速見家に乗り込んだ後も、意外な人物の登場を経て、気持ちのいい大団円を迎える。山手作品のように、爽やかで、前向きな気持ちになれるのだ。

さらに付け加えれば、二宮尊徳が言う、

「政事の使命は、貧民救済に尽きる。それは幕府であろうと藩であろうと同じはずだ。私が貧しい農民の出だから言うわけではないが、この国を支えているのは、真面目に働いている無数の民だ。その民を蔑ろにして、贅沢に溺れる為政者は万死に値する」という言葉に、拍手喝采したくなった。小説のみならず時代物全般は、過去というフィルターをかけることにより、現実の政治や権力者を痛烈に批判してきた。その伝統が、尊徳の言葉に脈打っている。よくぞ言ってくれたと、嬉しくなった。だから、時代小説が庶民の大切な娯楽であることを、あらためて感じると同時に、このシリーズがいつまでも続くことを期待しているのである。

（ほそや・まさみつ　文芸評論家）

本書は、集英社文庫のために書き下ろされた作品です。

この作品には一部実在した藩や人物が登場しますが、
フィクションであり、史実とは異なる部分があります。

本文デザイン／山本　翠

集英社文庫　目録（日本文学）

集英社文庫　目録（日本文学）

池永陽　でいごの花の下に
池永陽　水のなかの螢
池永陽　青葉のごとく　会津純真篇
池永陽　北の麦酒（ビール）ザムライ　日本初に挑戦した薩摩藩士
池永陽　下町やぶさか診療所
池永陽　いのちの約束　下町やぶさか診療所
池永陽　沖縄から来た娘　下町やぶさか診療所
池波正太郎　スパイ武士道
池波正太郎　天城峠
池波正太郎・選　日本ペンクラブ編　捕物小説名作選　一
池波正太郎・選　日本ペンクラブ編　捕物小説名作選　二
池波正太郎　幕末遊撃隊
池波正太郎　江戸前　通の歳時記
池波正太郎　鬼平梅安　江戸暮らし
伊坂幸太郎　終末のフール
伊坂幸太郎　仙台ぐらし

伊坂幸太郎　残り全部バケーション
いしいしんじ　よはひ
石川恭三　心に残る患者の話
石川恭三　定年の身じたく　生涯青春!をめざす医師からの提案
石川恭三　生へのアンコール
石川恭三　医者が見つめた老いを生きるということ
石川恭三　医者いらずの本
石川恭三　定年ちょっといい話　閑中忙あり
石川恭三　50代からの男の体にズバッと効く本
石川直樹　全ての装備を知恵に置き換えること
石川直樹　最後の冒険家
石倉昇　ヒカルの碁勝利学
石田衣良　エンジェル
石田衣良　娼（しょう）年（ねん）
石田衣良　スローグッドバイ
石田衣良　1ポンドの悲しみ

石田衣良　愛がいない部屋
石田衣良　空は、今日も、青いか？
石田衣良他　恋のトビラ　好き、やっぱり好き。
石田衣良　答えはひとつじゃないけれど　石田衣良の人生相談室
石田衣良　逝（せい）年（ねん）
石田衣良　傷つきやすくなった世界で
石田衣良　REVERSE　リバース
石田衣良　坂の下の湖
石田衣良　北斗　ある殺人者の回心
石田衣良　オネスティ
石田衣良　爽（そう）年（ねん）
石田雄太　桑田真澄　ピッチャーズ　バイブル
石田雄太　イチローイズム
伊集院静　むかい風
伊集院静　機関車先生
伊集院静　宙ぶらん

集英社文庫　目録（日本文学）

集英社文庫 目録（日本文学）

集英社文庫 目録（日本文学）

集英社文庫

与太郎侍（よたろうざむらい）

2022年 8 月25日 第 1 刷　　定価はカバーに表示してあります。

著 者　井川香四郎（いかわこうしろう）
発行者　徳永 真
発行所　株式会社 集英社
東京都千代田区一ツ橋2-5-10 〒101-8050
電話 【編集部】03-3230-6095
【読者係】03-3230-6080
【販売部】03-3230-6393（書店専用）
印 刷　株式会社広済堂ネクスト
製 本　株式会社広済堂ネクスト

フォーマットデザイン アリヤマデザインストア　　マークデザイン 居山浩二

ISBN978-4-08-744423-0 C0193